旅伴文库·小说精品城际阅读

聂震宁／总主编

贺绍俊／主编

十周岁

程青——著

漓江出版社
·桂林·

图书在版编目 (CIP) 数据

十周岁 / 程青著 . -- 桂林 : 漓江出版社，2022.1（2022.2 重印）
（旅伴文库 : 小说精品城际阅读）
ISBN 978-7-5407-8945-9

Ⅰ . ①十… Ⅱ . ①程… Ⅲ . ①长篇小说—中国—当代
Ⅳ . ① I247.5

中国版本图书馆 CIP 数据核字（2020）第 216877 号

SHI ZHOUSUI
十周岁
程青　著

出版人：刘迪才
从书策划：张谦
责任编辑：王坤
书籍设计：石绍康
责任监印：张璐

出版发行：漓江出版社有限公司
社址：广西桂林市南环路 22 号　邮编：541002
发行电话：010-65699511　0773-2583322
传真：010-85891290　0773-2582200
邮购热线：0773-2582200
电子信箱：ljcbs@163.com
微信公众号：lijiangpress
印制：朗翔印刷（天津）有限公司
[天津市宁河区潘庄工业区六经路南侧　天津市鹏赢工贸有限公司院内 5 号厂房　邮编：301508]
开本：880 mm × 1230 mm　1/32
印张：5　字数：58 千字
版次：2022 年 1 月第 1 版　印次：2022 年 2 月第 2 次印刷
书号：ISBN 978-7-5407-8945-9
定价：45.00 元

总 序

聂震宁

《旅伴文库》乃应时而生的出版项目。当今之世，既是提倡全民阅读之时，又是全民旅行已成热潮之际，正应了古人“读万卷书，行万里路”的人生信条。究其实，现代交通工具大大方便了百姓的出行，旅行几乎成了普通民众的一种生活常态，“行万里路”已成简单的事情；而全民阅读则还在国家、社会的提倡中，普通人真正要“读万卷书”，似乎还比较困难。然而，唯其难，故而需要多方设法推动，长期用心提倡。漓江出版社策划设计这一文库，既顺应了现代人出行的需要，更是为全民阅读助力，颇具趁旅行热潮助推全民阅读，借全民阅读提升旅行质量的匠心。

相比较已经形成热潮的旅行，全民阅读似乎还不够热。尽管国家为倡导全民阅读加大力度，各级政府为开展全民阅读提供政策支持，每年“世界读书日”各地开展活动有声有色，“书香中国”活动在全国范围风生水起，家庭阅读、校园阅读、社区阅读、机关阅读渐次开展，有识之士一直在呼吁让阅读成为一种生活方式，然而，平心而论，许多主要是在外力推动下开展起来的阅读，距离“让阅读成为一种生活方式”愿望的实现，还有长路要走。

如何才能让这一愿望成为现实呢？我们以为，让阅读与日常生活相伴或许是努力的主要途径。全民旅行热潮形成，旅行已经成为普通百姓的一种生活方式，提倡在旅途中阅读也就是比较自然的事情。国际上曾有过“中国人不爱读书”的负面评价，评价者所举证的，正是旅行途中许多发达国家人士在读书，而许多中国人并不读书，颇使得许多极具荣誉感和自尊心的国人心中不爽。其实，要改变这一国际负面印象并不困难，最直接的办法就是让更多国人在旅行途中读起书来。当然，在旅行途中读书并非为了做样子给国际人士观赏，挣回一点面子，而是全民阅读之树必然开出的日常生活之花。《旅伴文库》正是为了催生这美丽的花朵而做出的努力。《旅伴文库》的出版宗旨"人生漫旅，好书伴你"，就是出版人真诚而温馨的承诺。

事实上，开展在旅行途中的阅读，对于提高我国旅游事业的质量也是大有裨益的。对于国人的旅行，一直都有些负面的评价，认为其盲目、简单、粗糙，缺少文化内涵和审美情趣，还有就是不读书。这些负面评价已经成为国民素质不高的重要证据。知书达理或知书达礼，不爱读书的民族谈何文化内涵和审美情趣！于是，近些年来，就有许多关于改善旅行生活、提高旅行质量的意见提出，其中有一条意见颇具感染力，那就是"带一本书去旅行"。

"带一本书去旅行"，其直接的用意是让人们在旅行途中闲暇时刻不至于无所事事。古人主张“第一等好事还是读书”，那么，人在无所事事时，第一等好事更应当是读书了。人在旅途中，休闲时也要保持着优雅的生活姿态，而阅读正是一个人最优雅的生活姿态。旅行是一个发现美、欣赏美的过程。“带一本书去旅行”，既可以读书明理，也可以直接帮助我们丰富旅行知识，探寻美的存在，增加旅行的深度和厚度。旅行即意味着暂时摆脱日常世俗生活的纷扰，暂时忘却生活中某些庸俗无聊的烦恼，所谓“偷得浮生半日闲”，让身心得到休养，那么，“带一本书去旅行”，可以借一本好书帮助我们超凡脱俗，让一本好书高雅的气质陪伴我们的灵魂，让一次次旅行成为与一本本好书相伴随的精神之旅。

应时而生的《旅伴文库》，其用意就是倡导“带一本书去旅行”，让精品图书成为旅行者的精神伴侣。在全民旅行热潮扑面而来的同时，也要让全民阅读热潮相伴而去，让“读万卷书，行万里路”的理想成为现实。

为了旅途阅读而设计的《旅伴文库》，自然要更多顾及旅行阅读的特点。旅行阅读当然是各有所好，专门为旅行者出版的图书，则要更多体现旅行者阅读的便捷、休闲、审美、精粹等需求的特点。《旅伴文库》的各个子系列设计得很具匠心。其中，“散文精品城际阅读”系列，一辑只选7位作家，颇有“七剑下天山”的气概；每人每本不过十来万字，极大突出了精选的精神，再配上雅致便携小开本软精装，精编精印，想必能吸引读者眼球而令人想要一睹为快。“漓江的书，买了再说”，是20多年前本人在漓江出版社社长任上为该社拟定的广告语，出版人的自信自许，竟然在这个系列的设计中重新得以体会。

《旅伴文库》已经出版“散文精品城际阅读”两辑共14种，每辑各有7人7种。第一辑有刘亮程的《半路上的库车》、朱秀海的《一个人的车站》、王剑冰的《水墨周庄》、徐则臣的《去额尔古纳的几种方式》、陈彤的《玻璃栈道》、阿德的《北行记》和董谦的《种稻记》；第二辑有彭程的《头脑中的旅行》、乔叶的《一杯白茶》、陆春祥的《霓裳的种子》、顾建平的《冬天我到南方》、谷禾的《黑棉花，白棉花》、陈世旭的《俗可以，别太俗》和王可越的《万物与我》。入选的每一位作家都以实力呈现，努力奉献自己卓具新意的作品。在邀约散文名家加盟过程中，散文专辑的主编、著名散文家王剑冰先生主张作品质量优先，要求新人新作质量必须上乘是自不待言，而名作家必须以力作入选则体现态度的严肃，因而，14 人 14 本小书实在称得上是精选精编而成，阵容齐整。自图书面世以来已经引起许多读者的兴趣，良好的市场效应和文学出版业内的好评，使得出版社信心倍增。

漓江出版社乘胜前行，《旅伴文库》又有“小说精品城际阅读”第一辑即将面世。第一辑的主编是贺绍俊先生。他曾经担任《小说选刊》杂志社主编，不但是著名的选家，还是著名文学评论家，其代表作就有《铁凝评传》等。贺绍俊先生邀约了7位堪称实力派的小说家加盟。7位作家四女三男，风格各不相同，放到一起来读，令我们竟有斑斓之感。

正由于眼前的小说家们让我们有了斑斓之感，我觉得有必要给读者们一一介绍。

女作家中有程青。这位曾被论者称赞为“创作稳定、持久、优质，具有一个作家天生应该具有的素质”的女作家，用曾经获得老舍文学奖的小说名作《十周岁》加盟。《十周岁》是一部杰作。作品把20世纪70年代的民间生活描摹得精细入微、有声有色，人物刻画得栩栩如生，令人不由得会惊叹作者透彻的生活观察力和出色的想象能力。

女作家中还有薛燕平。她在20世纪90年代的中国小说界展露风姿，也曾经获得过老舍文学奖，现旅居匈牙利。她的《曾经》一书收入的《曾经》《蓝》两篇名作，饶有兴味地讲述北京城普通百姓平淡自然有趣而时有情感波澜的日常生活。有论者指出："薛燕平在北京胡同长大，这里成了她的文学福地。她在这里开掘了一口深井，她的小说资源几乎都出自这口深井。"

第三位女作家则是陶丽群。有论者认为陶丽群的小说"有梦的质地，惯于以最安静最平淡的方式暗示出一个人内心深处至为隐秘的关切"。我觉得她总是写得很细腻。她曾经获得过《民族文学》的年度优秀作品奖。她这次以《寻暖》一书加盟，书中收入了她颇具可读性的《寻暖》《白》两部佳作。前者讲述了一位被拐妇女悲凉无奈的一生，后者写单亲母亲把患有白化病的女儿托付给一位终身未婚的老太太的故事。作品尽管都在书写人的悲苦，可并不让人感到绝望，反而能激起读者内心良善的愿望。

第四位女作家是曾经获得鲁迅文学奖的叶弥。她的《成长如蜕》一书包括了《成长如蜕》《消失在布达拉宫的一头鹰》两部奇作。那么，何以称它们为奇作？首先是因为《成长如蜕》是她创作的第一篇小说，第一篇小说就引来许多喝彩，有论者认为她“灵感有如天赐，妙笔宛若天成”；而《消失在布达拉宫的一头鹰》，书名即令人惊奇，加上作家以平静而简练的笔法，描述了一个简单而情节富有张力的故事，并放射出不同寻常的光芒，故而我称之为奇作。

这里的男作家有夏商、弋舟、石一枫。虽然加盟作家男少女多，却丝毫不意味着阴盛阳衰。三位男性作家的作品阳刚之气十足，足以体现实力派作家的劲道。

夏商就是那位曾经在1999年策划“后先锋文学”活动，组织20多位后先锋作家发表小说和文论，造成20世纪末重要文学现象的颇具冲击力的作家。他曾有小说入选美国杜克大学《中国当代短篇小说高级读本》。这次入选的《初恋两种》由《我的姐妹情人》《恨过》两部小说构成。这位提倡后先锋文学的作家，将用内涵丰富的两种初恋来叩击读者的心灵。

曾经获得过鲁迅文学奖的弋舟以《李选的踟蹰》一书加盟。书中收入了《李选的踟蹰》《空调上的婴儿》两部小说，前者描写人际间的情感纠葛，后者讲述一位丧子母亲的永久伤痛，敏感而深致。这位还获得过《小说选刊》《小说月报》等重要刊物优秀作品奖的作家，正如有论者指出“始终保持着优雅的姿态”那样，即便讲述伤痛，也能给我们哲理和美学的暗示。

同样获得过鲁迅文学奖和《小说选刊》《小说月报》等重要刊物奖励的作家石一枫，他为读者带来的是中篇小说《营救麦克黄》，这部作品入选2016“《收获》文学排行榜”中篇小说排行榜。有论者指出石一枫“有一双捕捉时代人物的鹰眼”，他的小说往往从身边小人物切入，讲述属于这个时代中国人的命运，营救狗狗麦克黄的故事想必会让读者读来觉得生意盎然。

《旅伴文库》在“散文精品城际阅读”两辑之后重磅推出“小说精品城际阅读”第一辑，形成更大格局和不凡气象，相信这不仅会成为文学界、出版界各位同好的共识，也会成为众多文学读者的真切感受。更重要的是，当众多旅行者决心“带一本书去旅行”时，有了这些可爱而精致、精美的口袋书可供选择，可以从中找到温情相伴的旅途伴侣，成为一次快乐旅行的美好开始，自然是一件令人愉悦的事情了。

2021 年 2 月第三稿

聂震宁，第十、十一、十二届全国政协委员，中国作协全国委员会名誉委员，中国韬奋基金会理事长，中国出版协会副理事长，《旅伴文库》总主编。

1

唐冬青最羡慕的人就是陈伊琴了，

陈伊琴的一举一动都深深吸引着她，

让她喜欢得说不出话。

上早读课的时候唐冬青偶尔一回头，看见宣传队的陈老师正从教室的窗口往里看，她的心咚咚咚地跳起来，有一种说不出的紧张和激动。

唐冬青想上宣传队，已经想了整整两年了。她对唱歌跳舞的兴趣比读书大多了，最大的心愿就是能够登台表演，涂着红脸蛋，穿着花裙子，一边唱一边跳，吸引着台下许许多多人的眼光，她想不出世界上还有什么比这件事更美的了。不过这个心愿她从来没对人说过，她知道说出来也没有用，反而落个笑柄。因为宣传队不是谁想去就能去的，只有被陈老师挑中的人才能去，所以她一直盼望着陈老师的目光能幸运地落在自己的头上。

在唐冬青的眼里陈老师是最最可亲的一位老师，每次在学校里遇见陈老师，她都很慌乱，脸会莫名其妙地红起来，等到看不见陈老师的身影之后，她的心里才会回甘一般涌过一阵甜丝丝的感觉。陈老师个子不高，嗓音哑哑的，留着不太讲究的半长头发，耳朵两边一边一个细细的钢丝卡子别着，长相和打扮跟漂亮都沾不上边，但是唐冬青却非同一般地爱戴和崇拜她。因为这位陈老师，她喜欢所有小个子、哑嗓子和头发半长不长的女人。现在陈老师就站在窗外，离她不过两三步远，但她却一眼也不敢朝陈老师看，心里模模糊糊地企盼着有好事降临到自己的头上。

陈老师的身影从窗口移到了门口，走进了教室，和班主任陆老师窃窃私语。三（1）班的读书声凌乱和低落下来，唐冬青却没有跟着停下来，相反她读得更起劲更卖力了，直到教室里只剩她一个人的声音。她一边读书一边悄悄抬眼去瞄陈老师，恰好陈老师也正朝她看过来。不过陈老师并没有选中她，她挑出来三个人，王芳、陈伊琴、李小蕾，都是大大的眼睛小小的嘴，细胳膊细腿。唐冬青跟她们长得正相反，她是小小的眼睛大大的嘴，胳膊和腿都是肉乎乎圆滚滚的，身体上下一般粗，同学给她起个外号叫“唐冬瓜”。她看着陈老师把她们三个领出去，鼻子一酸，差点哇的一声哭出来。

下午一节课后是宣传队的排练时间，宣传队员都去排节目，演出任务紧的时候他们下午的课就不上了。唐冬青看着教室里三个空着的位子，就像用舌头舔着自己掉了牙齿的牙床，心里空落落的。她多么希望空着的是自己的位子，而自己正跟着陈老师在排练室里学唱歌和练跳舞。一到下午唐冬青的耳朵就格外地好使，她能听到很远处的音乐声，陈老师“咪——依——依，吗——啊——啊”地领着大家吊嗓子，一声高过一声，听得她心里怅怅的，而近处老师讲的什么她却一句也没听见。

陈伊琴很快成了学校宣传队的台柱子。在台下她是一个骨瘦如柴的小姑娘，尖尖的一张狐狸脸，面颊上还星星点点生了不少的雀斑，可是她化了装一登台，立马变得光彩照人，人见人爱。一大群小姑娘表演唱歌或者跳群舞，谁都看得出来最显眼的就是她。一晚上陈伊琴要表演好几个节目，经常是一个节目刚下来来不及换好服装又要上下一个节目了，每晚的压轴戏也都少不了她。

陈伊琴晚上演出很辛苦，白天上学迟到是常事。早读课上根本就看不见她，常常第一节课上了一大半她才提着书包匆匆跑进来。课间操她也是懒洋洋的，一边伸懒腰一边打哈欠，大家都做下一节了，她上一节拖拖拉拉还没做完呢，陆老师看了也从来不说她。

唐冬青最羡慕的人就是陈伊琴了，陈伊琴的一举一动都深深吸引着她，让她喜欢得说不出话。陈伊琴耳鬓留着没有洗尽的残妆，唐冬青一下子懂得了什么叫妩媚；陈伊琴演出时说错了台词，唐冬青在下面又急又爱；陈伊琴课间喜欢坐在课桌上叽叽喳喳说话，唐冬青是她最最忠心的听众。她常常连厕所都顾不得去上，尿憋得肚子快要胀破了。如果陈伊琴叫她做点什么事，她会觉得那是最大的看得起她。

她前前后后跟着陈伊琴，有人笑话她是陈伊琴的小尾巴，恶一点的说她是跟在陈伊琴后面的一条狗，她听了也不在乎。陈伊琴起先对她确实有点瞧不起，唐冬青越是巴结她，她越是想躲开她。后来看她并没有坏心眼，对自己真的是一心一意，渐渐对她有了好脸色，不想做的作业就交给她。唐冬青即使自己的作业完不成，也会替陈伊琴把作业先做好。陈伊琴演出让唐冬青跟着拿衣服，唐冬青很负责，每晚从头到尾陪着她。

连续一段演下来，陈伊琴很疲倦，但唐冬青不疲倦，相反她很兴奋，两只眼睛亮亮的。她眼睛里看的都是陈伊琴，只是陈伊琴，心里幻想自己就是陈伊琴。她还幻想陈老师是自己的妈妈，弹着风琴，微侧着脸，“咪——依——依，吗——啊——啊”地带着自己吊嗓子，手把手地教自己跳舞。要真是这样的话，这个世界上再给她什么她都不要了。

2

唐冬青看着自己妈妈那副模样，

实在是从心底里替她难为情。

唐冬青家住在解放路红旗巷，从前这里叫八宝街芝麻巷，改名了多少年，这里的住户开口闭口叫的还是老名字，没有人叫新名字。芝麻巷很久以前曾经是很出名的花街柳巷，有过一度的繁华，不过早已经风华不再了。芝麻巷几拆几建，成了一条狭长的小巷子，弯弯曲曲就像一根肚肠子，两边的房子脸对脸，中间是高低不平的石子路。早晨只要有一家在巷子口生煤炉，一条巷子就烟雾缭绕的，家家户户都是煤烟味。

唐冬青的妈妈王玉芬是粮店的售货员，也是全城最胖的女人。她生过五个孩子，浑身上下没有一条女人优美的曲线，有的只是几条没法看的粗线条。只要是从床上起来，终年套着一件卖米卖面的蓝大褂，硕大的胸部看不出双乳的形状，只是晕乎乎的一片。快走两步那堆肉便上下颤动，更是不堪入目。唐冬青看着自己妈妈那副模样，实在是从心底里替她难为情。

更让唐冬青难为情的是妈妈上了床的样子，脱掉了那件油渍麻花的蓝大褂，她一身白嘟嘟的肥膘肉，两条大腿就像大象腿一样粗，肚皮有好几叠，一拍嘭嘭嘭地响，跟一条皮口袋一样。她爸看了常会一脸鄙夷地说一句："老囊猪！"她妈总是毫不客气地回敬他一句："操你妈 ×！"不过一点也不生气。

唐冬青上面有两个哥哥，老大建华，老二建民，两人和她一样都在向阳小学上学，一个读五年级，一个读四年级，两人都是留级生。她下面有一个妹妹和一个弟弟，妹妹春燕刚上一年级，弟弟建武才四岁，有时候爷爷带过去，有时候妈妈把他装在自行车后面的篮子里带着去上班。唐冬青的妈妈喜欢男孩子，儿子们闯了祸，她很少打骂他们，还反过来替他们遮掩；而对唐冬青老是恶狠狠的，什么事情都叫她去做，还处处对她不满意，张口就骂伸手就打，就好像她不是自己的亲骨肉。五个孩子当中，其实就唐冬青长得跟妈妈最像，眼睛、鼻子、嘴都像是一个模子里刻出来的，只有一个差别，她没有妈妈那样胖。有时候唐冬青照着镜子，眼泪就会不由自主地流下来。

唐冬青的爸爸唐大还算喜欢她，至少是跟她妈妈比要喜欢她一些，偶尔高兴了会塞给她一分两分的零花钱。唐大在煤店上班，每天用板车一车车地拉煤，唐冬青的同学说起她爸都说他是拉板车的。唐冬青知道他们看不起拉板车的，但是她却从来没有替爸爸难为情过。爸爸长得高高大大，四方面孔，浓眉大眼，一身结实的肌肉。唐冬青觉得爸爸就像电影演员一样英俊，够得上是一个美男子。美中不足的是他穿得实在太差了。

其实一家人都没有什么像样的衣服，但唐冬青这上头最心疼的还是爸爸。爸爸一回来她就抢着替他洗衣服——他已经穿得很破了，她不能再让他穿得太脏。她一心想让爸爸穿得体面点，走出去像点样子。爸爸脱下的衣服有一股子冲鼻的汗馊味，一洗就是一盆黑浆汤，而且没有一件衣服是真正洗得干净的，几次一洗就洗滋了，黑的、蓝的、白的都变成了灰的，只有灰的还是灰的，不过灰得很乌涂，灰不溜秋的。别人的衣服只要跟着一块洗，也全都洗滋了。唐冬青自己也是从上到下没有一件衣服有清清爽爽的颜色。

唐大对穿戴很不以为然，也从来没在这上头讲究过，他知道一个送煤的人穿得再好也是白费劲，他清楚像他这样的别人是不会真看得起的，所以他寄希望在孩子这辈人身上。他听家里的老人说腰粗屁股大的女人会生儿子，就毅然娶了腰粗屁股大的王玉芬。

王玉芬果然不辜负他的希望，替他生了三个儿子，外带两个丫头片子。只不过建华、建民两个不好好读书，看着就像是混事的坯子。老话说“三岁看大”，唐大不敢对他们两个抱太大希望。倒是小三子还好一点，学习肯用功，剩下就要看小四子小五子的了。唐大巴望着五个孩子当中至少有一个能够出人头地，他人前人后说过多少次，只有孩子出息，老唐家才能打一个漂亮的翻身仗。

3

唐冬青听得格外专心，

思绪随着陈老师的描述而翱翔，

她想象自己涂着红红的脸蛋，

描着乌黑的眉毛，

穿着漂亮的藏族服装登上舞台，

激动得都有点头晕了。

唐冬青越是了解陈伊琴，对她的爱慕就越深。陈伊琴的爸爸妈妈都是淮剧团的，她家住在淮剧团宿舍。淮剧团宿舍在学校的西边，放学陈伊琴排西路队，唐冬青的家在学校东边，放学她排东路队。但是因为陈伊琴排了西路队，她觉得排在东路队里灰溜溜的，让人抬不起头来。一天两次的放学回家提醒着唐冬青她跟陈伊琴是两种完全不同的人。

不过陈伊琴对她还是蛮好的，愿意她处处跟着自己，和她形影不离，从家里带的零食也都很无私很大方地拿给她吃。陈伊琴上学总是带着很多的零食：水果糖、动物饼干、话梅、葵花子、盐金枣，有时候来不及吃早饭，书包里塞着烧饼、油条和煮鸡蛋。唐冬青觉得这些东西不要说吃了，能带在身上就够奢侈的了。而陈伊琴拿出来跟她分享的时候态度里有一种根本不当回事的随随便便，就这个随随便便让唐冬青心甘情愿地跟定了她。

其实陈伊琴也有不如唐冬青的地方，她的学习成绩就没有唐冬青好。原先她们两个在班里都是中上游水平，唐冬青是通过刻苦努力得来的，陈伊琴凭的是小聪明。因为整天排戏演戏，陈伊琴缺课很多，作业又多半是让唐冬青代做的，所以她的成绩下得很快。期中考试的卷子发下来，唐冬青语文八十九，算术九十一，陈伊琴语文考了六十八，算术只有五十六。陈伊琴只看了一眼就把卷子塞进桌肚里，趴在课桌上呜呜地哭起来。她哭了整整一节自习课，下课的时候不哭了，两个眼睛红红的，半边脸都压肿了，头发乱纷纷地沾在面颊和额头上。唐冬青看着她，又是心疼又是羡慕，真希望自己能替了陈伊琴，更希望自己就是陈伊琴。假如自己真是陈伊琴，宁可数学只得五十六，宁可趴在桌子上哭上一节课。这件事之后唐冬青心里有了一个十分古怪的念头，她希望能有一个让她当众痛哭一场的机会。

陈伊琴变得不爱理别人，或者说是别人变得不爱理陈伊琴。因为在宣传队里大红大紫，一般的人都不在她的眼睛里。可惜的是在班里她的成绩却不好，已经滑到了中下等。一个大红大紫的人本来就容易引人嫉妒，陈伊琴自然也不例外，更何况她的短处还那么明显。有几个伶牙俐齿的小丫头便说她：“成绩这么差，还自以为了不起！”

说这话最起劲的是李小蕾，当初和陈伊琴一起进的宣传队，半年时间过去了，陈伊琴早就当了女主角，李小蕾还是群舞和合唱中面目不清的一个小角色。起先她和陈伊琴的关系也是不错的，不知怎么一转脸就成了水火不容的敌人，两个人碰了面也不讲话。李小蕾喜欢在背后说陈伊琴，对班里的女同学说的是陈伊琴在宣传队里的事，到宣传队说的是陈伊琴在班里的事，自然没有一句是好话。李小蕾一大本事就是能把无中生有的事说得绘声绘色，就好像确有其事。她还擅长挑拨离间，当她的听众只有一位时，她便面带神秘，吐露出许多秘不示人的私房话，无外乎是陈伊琴说你什么什么和陈伊琴对你做了什么什么，弄得陈伊琴很快便众叛亲离了。

就剩下一个唐冬青了。唐冬青是陈伊琴的铁杆，没有谁能在她面前说陈伊琴一个“不”字，一说她就翻脸，扭头就走，连李小蕾那样有算计的人也拿她没办法，知道她油盐不进，只好随她去。李小蕾也是拉拢过她的，对她有说有笑，还给她吃话梅糖，可是唐冬青对她很警惕，不吃她给的东西，一见她走近脸就板成了一块铁板，李小蕾只好邀她一起扔沙包。唐冬青扔沙包是一绝，她力气大，出手快，不仅狠而且准。但是和李小蕾她从来不好好扔，每次不是扔在自己脚尖前，就是扔得远远的，扔了几把李小蕾说没劲就不跟她玩了。李小蕾还邀她一起跳皮筋、捉迷藏，不过唐冬青都是木木的，冷冷的，她想说的话始终没机会说出口。

陈伊琴还是扬着脸走路，后面跟着唐冬青。但是陈伊琴其实已经很气虚，课间她不再坐在课桌上叽叽喳喳说话，因为没什么人听她说了。在舞台上她依然大红大紫，光彩夺目，在班上她却是少言少语，落落寡合。夜晚和白天，陈伊琴的生活反差极大。唐冬青看在眼里，心里很替她难过。唐冬青还没有学过“寂寞”这个词，却已经替陈伊琴有了这样的感觉。她对待陈伊琴比以前更加小心谨慎，许多话都不随便说了，怕不留神伤着陈伊琴。凡事她绝对地站在陈伊琴一边，与她同仇敌忾。尤其是面对李小蕾她们的指指戳戳，她比陈伊琴还要敏感。常常陈伊琴还没感觉没反应，她早已经为她气炸了肺，连杀掉她们的心都有了。

每天还是一样的上学放学，回家的时候陈伊琴仍然排西路队，唐冬青仍然排东路队。不过现在的西路队已经没有了往日的光彩，陈伊琴一个人斜挎着书包站在队列里，不声不响的。以前她可是话特别多，而且到处有人伸长了脖子叫她。唐冬青看陈伊琴现在这个冷冷清清的样子，心里很不是滋味。相反，东路队却变得热闹起来，原来不怎么说话的几个女同学老是扎在一起说个没完，队伍排得不直不说，中间还常常鼓起一个大鼓包，被管路队的老师说过好几次。这几个爱说的女生当中挑头的就是李小蕾，她叽叽喳喳的劲头一点不亚于以前的陈伊琴。管路队的老师指着李小蕾说："现在陈伊琴不说了，你倒是说起来了！"不过里面的原委她半点也不知道。

排在路队里的唐冬青远远地望着陈伊琴，陈伊琴不看她，她低着头，或者眼睛看着别的方向。东路队里站着许多陈伊琴的敌人，陈伊琴当然不朝这边看，还要故意把头扭过去。不过东路队里因为有许多陈伊琴的嚣张的敌人，东路队的面貌也改观了，变得生气勃勃的。唐冬青排在队列里面再不觉得灰溜溜和抬不起头来了。

陈伊琴和唐冬青真正好起来是在陈伊琴成了孤家寡人之后。以前陈伊琴让唐冬青跟着她是抬举唐冬青，她和唐冬青在一起玩是俯就唐冬青，唐冬青替她做作业、演出的时候替她拿衣服她都没觉得有什么，唐冬青处处顺着她，她也觉得很自然。现在忽然之间谁也不理她了，如果没有唐冬青，课间她连个说话的人都没有，她不在时老师留的作业也没人告诉她，晚上自然更不会有人陪着她去演出了，唐冬青的可贵就全显出来了。而且唐冬青的好只是对她一个人的，班上这么多人，就从来没见她对另一个人这样过。陈伊琴觉得自己以前不太瞧得起唐冬青是不应该的，以前觉得唐冬青有点贱也是不应该的。一个人只对一个人好这个人是不能算贱的，陈伊琴迅速地改变了对唐冬青的看法。再说了，唐冬青的学习成绩还远比她好得多，不久前还当上了小组长，陈伊琴想想自己看不起她实在没道理。

有的人天生就知道怎么样对别人好，陈伊琴就是这样一个人。她天资极聪慧，没人教她就懂得帮人要帮在点子上。她早看出来唐冬青对文艺表演情有独钟，甚至很痴迷，她想要是能让唐进宣传队，唐肯定会特别高兴的。可是唐冬青长的样子实在是不适合宣传队，宣传队的小姑娘即使不漂亮也都很清秀，而唐冬青连清秀也说不上。不过陈伊琴这回是下了决心要替唐冬青促成这件事，事情越是难办才越显得情义珍贵，她要对唐冬青投桃报李，还要给唐冬青一个惊喜，让唐冬青为她所做的一切而感动。

陈伊琴去找陈老师说，陈老师一听就摇头。陈老师说："我知道那孩子，长得圆滚滚肉乎乎的，小冬瓜一个，连腰身都没有，她来了让我找谁跟她配戏呀？"陈伊琴就不说话了。过了两天她又跟陈老师说，陈老师说："宣传队里女演员已经太多了，她要是个男孩子还可以来试试。"到了晚上演出的时候，陈伊琴化好了妆、穿好了服装等着上场之前，悄悄拉了陈老师又说了一次，她想好了要说来说去把这件事说成。

这回陈老师听了，没说一句不同意的话，只让她先好好演出。陈伊琴悄悄嘱咐唐冬青说陈老师有什么事你上前帮一把。陈老师既是晚会的导演又是舞台监督，服装、道具、灯光有什么问题样样都要来找她，一进剧场忙得头都大了，一晚上连口水都没顾上喝。唐冬青慌慌忙忙跑回家，找了一个酱菜瓶子洗干净，又找出了一点茶叶来，泡了一杯茶，跑回剧场里，恭恭敬敬端给她。陈老师匆匆接过去，看了她一眼，又回过头看了她一眼。

没过几天陈老师让陈伊琴通知唐冬青下午一节课后去宣传队，这个好消息让两个人欣喜若狂。唐冬青试都没试就直接上节目，这在以前就没有过。唐冬青心里清楚自己能进宣传队靠的全是“关系”，所以她更加下决心要好好表现，绝不辜负陈伊琴和陈老师对她的好意和厚爱。

唐冬青参加排练的第一个节目是藏族舞蹈，排节目之前陈老师就向大家描绘了这个节目正式演出时的情景：女演员们穿着宽大的藏族裙子，腰里扎着鲜艳的彩条围裙，手上托着洁白的哈达翩翩起舞。唐冬青听得格外专心，思绪随着陈老师的描述而翱翔，她想象自己涂着红红的脸蛋，描着乌黑的眉毛，穿着漂亮的藏族服装登上舞台，激动得都有点头晕了。还有更令她高兴的，就是陈伊琴也参加这个节目，这也说明陈老师真的是很看重她，不是随随便便敷衍她，而且有陈伊琴在一起，她的心里就像有了某种依靠，非常踏实。

陈伊琴因为个子略高排在队伍的前列，唐冬青排在队伍的后面。陈伊琴先出场，所以她的一举一动唐冬青在后面能看得一清二楚。每跳一会儿陈伊琴就会从队列里探出脑袋对唐冬青笑一下，唐冬青心里甜甜的，也不时探出脑袋对陈伊琴笑一下。

学了几个动作之后陈老师让休息一下，她站在陈伊琴旁边，笑嘻嘻的，像是自言自语："她这个胖乎乎的样子还真蛮可爱的！"说的是唐冬青，陈伊琴听了特别高兴。又学了几个动作，陈老师让大家从头串起来来一遍。一遍下来陈老师微微皱起了眉头，她让再来一遍。又一遍下来，陈老师的眉头皱紧了。陈老师对唐冬青招手说：“你下来，你站到我这儿来看看清楚。”唐冬青听陈老师这么说，倏地出了一身汗。她乖乖地走出队伍，站到陈老师边上，看着别的人跳。陈伊琴看唐冬青出列，真希望自己有神通能够搭救她。她一边跳一边扭过头去看她，跳着跳着她不再看她了，动作做得格外流畅和优美——她知道唐冬青在看着她，她想用自己的动作教会她。

排练结束的时候，陈老师把陈伊琴叫到一边对她说：“她真的是不行，你说怎么办吧？”陈伊琴一听差点哭出来。陈老师有点看不过去，变通了一下说：“要不你教教她，你教得会她，就还让她参加。”陈伊琴点点头，眼睛里的泪花好容易才憋回去。

可是陈伊琴也没有办法教会她。唐冬青的学习态度肯定是没问题，每个动作她都学得极认真，可惜的是她不会把这些动作连贯起来。陈老师总说，舞蹈动作应该是像水波一样会流动的，唐冬青就是死活流动不起来。无论陈伊琴下多大功夫教她，她也没有办法把那些学会的动作比画成一段八九不离十的舞蹈。她的一招一式都是呆板的，关节都像是锈住了，动起来就像一个木头人。她在这方面简直是太没有天赋了。两个人常常练得汗如雨下，最后连陈伊琴都灰心了，她实在是教不会她。陈伊琴和唐冬青抱头痛哭。

唐冬青只好退出了宣传队。好在她心情很平静，哭已经哭过了，所以她没再哭。藏族舞蹈很快公演了，舞台效果和陈老师描绘的差不多。每次演这个节目台下掌声都特别多，陈老师把这个节目定为了压轴戏。后来这个节目还在地区得了奖，陈老师脸上笑成一朵花。

本来这是一件多么让人开心的大好事，可是陈伊琴却不敢当着唐冬青的面太高兴，相反她却嘟囔：“有什么了不起的！”唐冬青不说话，心里很酸涩。本来这个节目是有她的，这份高兴自然也是有她的，结果却是忙来忙去白忙了一场，结果却是看别人越高兴自己心里越难受。唐冬青最难过的其实还不是宣传队不要她，而是她觉得自己连个谁都不爱理睬的陈伊琴都不如。她越想越伤心，又没一个人可以说句知心话，眼泪只好往自己肚里流。

陈伊琴演出唐冬青照样去替她拿衣服，两个人如影随形的，还是好朋友。陈伊琴还在替唐冬青使劲，想把她再弄回宣传队，只是陈老师不答应，说她根本不是这块料。这样的话陈伊琴当然是不会学给唐冬青听的，怕伤了她的心。她尽量把陈老师的拒绝说得很委婉，那些话听上去吞吞吐吐的。陈伊琴对唐冬青小心翼翼的，因为她觉得这件事自己没办好，有点对不住她。

唐冬青对宣传队其实早死了心，她在跳舞上面没天分，但她看事情的眼光还是很准的，她一看陈老师的眼神就明白陈老师是怎么看自己的。陈老师对她爱理不理的，对待她介乎认识与不认识的学生之间，可实际上呢，陈老师怎么可能不认识她？她跟陈老师学过跳舞（尽管没有学出来），她还替陈老师做过七七八八跑腿的小事情，陈老师这么一装假唐冬青心里觉得很委屈，想想自己有一次还费劲巴拉找了一个酱菜瓶子洗干净翻箱倒柜找了茶叶替她泡了一杯茶，她觉得自己真是挺贱的。如果早知道陈老师是这么一个人，她是绝对不会那么巴结她的。再想想那都是陈伊琴让她做的，都是陈伊琴叫她主动去接近陈老师，如果说自己贱，那也是陈伊琴让自己贱的，想到这里心里不由恨恨的。

有一天黄昏时分，唐冬青和几个帮唱的同学正在教室前的小操场上扔沙包，玩得正起劲，陈伊琴化完妆从教室里走出来。陈伊琴也是一时兴起，插进去跟她们一起玩。也不知是一个怎样的念头，唐冬青抓起沙包狠狠地朝陈伊琴的脸上扔过去，霎时陈伊琴捂着眼睛蹲在了地上。唐冬青向来扔沙包是一绝，她力气大，出手快，不仅狠而且准，这些大家都是知道的，所以这个沙包一砸过去，一起玩的人都吓坏了。她们呼地围了过去，把陈伊琴围在了中间。也不知道陈伊琴哭没哭，反正她脸上的妆全花了。

唐冬青站在原地没有动，她看见陈伊琴慢慢地站起来，远远地看着她。天色更暗了，她看不清陈伊琴脸上的表情，只觉得她目光狠狠地盯着自己。而前面一刻天光还亮得多，陈伊琴的眉眼又都是描过的，站在这头确实能够看得清清楚楚，她知道自己想赖也赖不掉。她意识到自己闯下了祸，慢吞吞地走过去，对陈伊琴说一声："我不是有意的。"自己都听出了声音里的勉强和敷衍，陈伊琴盯着她的目光刹那间变得锋利无比。

不过陈伊琴并没有说她，一句话也没有说，她捂着脸，进了教室。唐冬青远远地站在教室外面，不敢走近，更不敢进去。教室里的灯光很明亮，教室里的一切她都看得清清楚楚的。陈伊琴重新洗过脸，重新匀了底色涂胭脂描眉画眼，都是陈老师亲手操作，连她的洗脸水也是陈老师亲手替她倒的。这一个晚上陈伊琴就像是陈老师的一个宝贝，受到了最细心的呵护，也受到了无上的礼遇。陈老师前前后后跟着她，替她背书包，替她倒开水，替她幕间补妆，还替她拿衣服。

一晚上唐冬青倒也一直跟着她，但她根本就插不上一点手。幕间休息的时候陈老师搂着陈伊琴的肩膀说说笑笑，逗她高兴，陈伊琴一到后台就拿着一块白手绢捂着脸。围着她们的是几个当红的女演员，别说唐冬青了，就是宣传队里一般的人也都识趣，没有往前凑的。到了演出快要结束的时候，唐冬青猛然醒悟其实陈老师是在有意防范她。一瞬间她热血上涌，心里犹如烈油翻滚。她真的太憎恨自己了，觉得自己太可耻太卑鄙太不是人，别人已经识破了自己，自己还不赶紧走开，还往人面前凑，还想讨好人家，真是脸皮太厚，太不知丑了！唐冬青第一次体会到了什么叫无地自容，一股绝望的心情让她恨不能马上倒地死过去。

就在这时熟悉的音乐声响了起来，唐冬青反应过来藏族舞蹈就要开始了，也就是说演出快要结束了。她望着台口，陈伊琴舞动着衣袖扭动着腰肢出场了，脸上微笑着，一点也没有被沙包砸过的痕迹。陈伊琴从来就是这样的，她一上舞台就成了另外一个人，跳起舞来更是婀娜多姿，美若天仙。这样一个人，你拿她能有什么办法呢？唐冬青痛苦地想，其实砸她一沙包根本就没多大用，伤不着她一根毫毛的，倒是自己白白地对她下了那样的毒手，弄得心里这么不自在。唐冬青双眼紧盯着翩跹起舞的陈伊琴，她跳得那样好，她的动作自己永远学不会，她的舞姿自己永远练不会，她实在是太优越了，自己永远都没法跟她比。唐冬青的眼泪流下来，她躲在侧幕后面偷偷地不出声地哭起来。

唐冬青砸了陈伊琴一沙包，陈伊琴并没有记她仇，平常经常一起玩的，谁没有个失手的时候？只有唐冬青自己心里清楚这一沙包扔出去她是故意的，根本就不是失手。陈伊琴再没有提过这件事，别人也没有提过这件事，但是唐冬青却一天也没有忘记这件事。有的时候她的心里会突然有一阵懊悔和愧疚袭上来，有的时候她良心发现，处处都对陈伊琴加倍地好。陈伊琴不知是没感觉还是故意假装不知道，她对唐冬青还跟以前差不多。

唐冬青不知道就在她忍受着内心的煎熬的时候，她和陈伊琴的相处就要结束了。有一天扬剧团来学校招演员，他们千挑万选，最后只选中了陈伊琴。陈老师对他们说："她是我们最好的苗子。"她又说：

“你们真有眼光啊！”

全校上下的羡慕可想而知。在当时，中学毕业后绝大多数人都要上山下乡，留城的机会非常少，能进剧团自然是一条极好的出路，更何况对陈伊琴这么一个天生的艺术人才来说，大家都认为她不去剧团去哪儿都可惜了。陈伊琴略做准备就跟着他们去了扬州。临行匆忙，她也没来得及到学校来和唐冬青告别，陈老师是去陈伊琴家里给她送的行。

陈老师回来说，原来一直以为陈伊琴家住在淮剧团宿舍，她父母肯定是演员，其实她爸爸是淮剧团的电工，妈妈是淮剧团的会计，两个人和文艺都沾不上一点边。陈老师由衷地说，陈伊琴这孩子生来就是个演员的坯子，她就是为舞台而生的，这样的人才好几年也难得遇到一个啊。

陈伊琴走了，陈老师很寂寞，有一段时间连排演新节目的兴头都没有了，宣传队活动的次数也减少了。陈伊琴走了，唐冬青也很寂寞，不过她的寂寞是在心里头。她常常想起陈伊琴，想起陈伊琴随即就会想起自己狠狠地朝她脸上砸过去的一沙包。她真后悔自己那么做，她觉得自己一生中最对不起的人就是陈伊琴。

4

在唐冬青眼里
蔡大妈就是苦难的化身，
她苦大仇深，
受尽了旧社会的折磨和凌辱。

陈伊琴走了不久，蔡大妈就来了。

蔡大妈跟陈伊琴没有什么关系，她跟向阳小学也没有什么关系。蔡大妈是城郊的一个菜农，年轻时嫁过一个男人，男人不知是走了还是死了，剩下她一个人孤苦伶仃拉扯着一个儿子过日子。儿子又是个不学好的，长大之后成天游手好闲，一件正经事不做，蔡大妈也管不住他。蔡大妈的生计全靠她自己，种菜、卖菜，儿子只会伸手向她要钱花。蔡大妈不过五十来岁年纪，但脸上已经爬满了皱纹，牙齿也掉了半口，黝黑的脸颊瘪进去，显得很老相。只要她出来见人，总是两眼无光，一脸苦相，一看就是一个苦命人。

蔡大妈每天都挑了担子进城卖菜。她有一个特点，卖菜之外喜欢和买菜的闲聊。慢慢地人头都熟了，蔡大妈干脆挑起担子走街串巷送菜上门。蔡大妈的菜新鲜，斤两又给得足，大家都乐得买她的，渐渐地她在城里有了许多固定的顾客。蔡大妈的长期客户中有不少是家庭主妇，她们一边挑菜一边和蔡大妈闲聊。女人们的话题通常无外乎家长里短，但蔡大妈除了家长里短之外还能说点别的。她最喜欢对人诉苦，一开口便是："我们乡下人苦啊，跟你们城里人没法子比，一大老早就下地了，太阳晒，皮都脱光了，做得没得歇，一辈子啊，想想都要淌眼泪！”蔡大妈尽管说话颠三倒四，没头没脑，但她表达的意思却是清楚的。

一般诉苦的话很容易遭人烦，但是蔡大妈就有本事把这个话题说得叫人爱听。她最喜欢说的是她自己，自己从小受的苦，嫁了男人受的苦，没有了男人受的苦，年纪大了还是在受苦。她一说起受苦的事情眉眼就皱起来，脸上很凄苦，整个人极富感染力。买她菜的主妇听了都被她打动，个个都很同情她。有时候蔡大妈讲着讲着掉眼泪，她们也跟着眼圈红红的。

一个农村的老太太，一天书没读过，大字不识一个，嘴却极能说，天底下受苦的人那么多，可大家记住的都是她蔡大妈受的苦，也实在是很难得。城里越来越多的人认得了蔡大妈，越来越多的人知道了蔡大妈的故事，越来越多的人买蔡大妈的菜，蔡大妈应该很高兴了吧，可是她还是苦着一张脸，逢人便苦叽叽地说："没钱日子难过啊，儿子不成器，我没得办法想，我这个人生下来命就苦，什么苦都吃过，一辈子也苦不出个头！"

几句话一说她就又扯到了自己的身世上，从小受的苦，嫁了男人受的苦，没有了男人受的苦，年纪这么大了还是在受苦。她的身世不少人都听过许多遍了，但是她一开口，他们还是忍不住要站下来听。蔡大妈一诉起苦来整个人就沉浸在苦难里，絮絮叨叨滔滔不绝，话头特别密，那些陈年旧事，经她一说都活灵活现的，好像发生在眼前。

比如她讲到下雪天出门拾柴火被地主老财家的狗咬了，撩起裤腿让大家看她小腿上一块白亮的伤疤，谁都觉得那块伤疤还在隐隐作痛。而且蔡大妈每次讲她受的苦难都会多多少少加进一点新内容，有的时候一段老故事突然多出了一些新情节，记性好的小孩子听了忍不住要刨根问底，大人们却从来不计较，他们喜欢她添油加醋，喜欢她喋喋不休，一半当故事听，一半也是当热闹看。有一天一个女人半真半假啧啧赞叹道：“老奶奶口才这么好，怎么不去学校里给学生讲讲呀？”不久蔡大妈就果真被向阳小学请去了，给学生们做忆苦思甜报告。

唐冬青第一次听蔡大妈做报告就被深深吸引住了。在唐冬青眼里蔡大妈就是苦难的化身，她苦大仇深，受尽了旧社会的折磨和凌辱。每次蔡大妈来忆苦思甜唐冬青都听得格外专心，一条手帕哭得湿淋淋的。蔡大妈诉苦的内容每次都不重样，除了讲自己，她还讲自己活活饿死的爹娘，卖给人贩子的弟弟和妹妹，给地主扛长活累断了腰的小叔叔，被抓了壮丁的舅舅，给人家做童养媳的小姨娘，还有被恶霸强奸的亲嫂子……讲起来真是字字血，声声泪。蔡大妈忆苦的时候自己很少流眼泪，她说呀说的，把台下的人都说哭了为止。小操场上横竖成排低垂着头坐着的师生们擦眼泪擤鼻涕，唏嘘一片。

学校老师一致评价，蔡大妈是请到学校里来开门办学的人当中讲得最好的一个，也是最感染人的一个。向阳小学一而再、再而三地请她去，不仅向阳小学，别的学校同样也一而再、再而三地请她去，蔡大妈很快就成了一个非常出名的人物。

听了蔡大妈忆苦思甜报告之后，各学校各年级各班还要组织讨论，讨论之外老师们还布置学生写作文，为的是更好地消化吸收，将阶级仇、民族恨转化为上进的动力。三（1）班把这篇作文留作了家庭作业，题目就是《听蔡大妈讲苦难》。从星期六到星期天，唐冬青一直埋头哗哗写。蔡大妈讲过的事情实在太多了，她写了一页又一页，还是有许许多多的内容没有记下来。一边写她一边哭，想想一个人受过那么多的苦，真就像蔡大妈自己说的，她是黄连掉在了苦胆里——苦透了！她替不幸的蔡大妈流下了许多许多的眼泪。

星期一去上学时唐冬青两个眼睛还是肿肿的，

人也变得沉默寡言。她心里装满了蔡大妈的苦难，没有什么能让她快乐得起来。陆老师看了她交上来的作文，当着全班同学表扬她：“唐冬青同学这篇作文，很下功夫，写得也是不错的。”下课陆老师看到唐冬青，对她说：“写作文要学会抓住重点，用不着什么都写到。”陆老师把唐冬青写的作文发还她，厚厚一沓子，一共十六页，每页四百字。一个三年级的小学生，字还没有认全呢，背后用了多少功夫啊！陆老师真的有点心疼她。

回到家里唐冬青把发下来的作文又重新写了一遍。她记住了陆老师说的“写作文要学会抓住重点”，把那些无关紧要的话统统去掉了。她把蔡大妈讲过的事情一件件串起来，连忘掉的也都重新回想了起来。她写了一页又一页，数一数，一共二十页，每页四百字。

又到星期一，唐冬青把写好的作文交给陆老师。陆老师很惊讶，看完之后很震惊。陆老师又一次当着全班同学表扬了她，陆老师说：“唐冬青同学真的非常肯下功夫，你们都要向她学习。”陆老师亲手把唐冬青的作文一页一页贴在教室后面的墙壁上示范，要全班同学好好看看，好好学学。

5

有一天唐冬青

忽然学起了蔡大妈诉苦。

有一天唐冬青忽然学起了蔡大妈诉苦。

那天下午大扫除刚结束，唐冬青一屁股坐在一个水泥墩上，皱起眉头，一拍大腿，说起了蔡大妈的辛酸家史。她学得简直太像了，说的内容和情节，用的语言，包括脸上的表情、说话的腔调，甚至一捋头发、一抹鼻涕的动作都和蔡大妈一模一样，把边上看她表演的几个女同学逗得肚子都笑疼了。唐冬青自己却一点也不笑，相反她一脸的苦相和愁容，加上她跟蔡大妈一样是用第一人称我我我那么说的，就好像真的是她受过那么多的苦一样。女同学们个个笑岔了气。

第一次的效果就这么好，唐冬青很快有了第二次。这一次是在班会后，本来大家是应该到操场上去自由活动的，结果唐冬青一开腔，好多人就不走了。这一次因为人比上一次多得多，大家的反应也很不一样。有的人仍然是笑，有的人听了吓一跳，以为唐冬青疯掉了，也有的人脸上的表情一本正经的，好像真的在听忆苦会。可惜的是唐冬青开讲没多久体育课代表就来催大家去操场上跳绳，弄得教室里的人都很不尽兴。

很快都知道了唐冬青有这一手，有时候同学就逗她来一段。唐冬青倒也从来不故意拿一把，有人叫她来她就来，只不过别人叫她来和她自己要来比起来要差得多，完全没有她主动表演时那种惟妙惟肖、入情入理和简直是神来之笔的即兴发挥。她想来的时候就像是被蔡大妈附了体，有时候说出来的比蔡大妈还要精彩，表情也比蔡大妈还要凄苦和绝望，真是比蔡大妈还像蔡大妈。

隔个三五天唐冬青就会主动来一次，就像是精神病发作一样。同学们慢慢掌握了她这个规律，不再要求她来了，而是等着她自己来。有一天下午放学前唐冬青正坐在教室里绘声绘色地说着冒雪出门拾柴火被地主家的狗咬得血淋淋那一段，陆老师从后门进来了，她悄悄站在一圈人的后面，听得很认真。

早就听说过唐冬青会学蔡大妈，但陆老师怎么也没想到她竟然学得这么像。陆老师平常十分爱好文艺，每个礼拜六都去电影院看电影，她看到蔡大妈就觉得她应该去演电影，没想到自己班里貌不出众的唐冬青居然也是一个颇有表演才华的好演员。她把这个惊喜的发现告诉了自己教研室里的同事，他们都想见见唐冬青。

唐冬青被陆老师领进语文教研室，老师们的目光齐刷刷地投向了她。在各位老师的眼里，她不仅是三（1）班的一个小学生，更是一个身怀绝技的人。他们忍不住请她来一下，唐冬青扭过头去看陆老师。陆老师说："最好还是等她自发地表演，那时候才是最精彩的。"可是老师们都等不及，他们说："随便来一下吧，让我们看一看吧！"陆老师朝她点点头，唐冬青咳嗽一声，清清嗓子，就开始了。

蔡大妈每次开讲也是先咳嗽先清嗓子，有几个老师先忍不住笑了起来。不过他们很快就不笑了，唐冬青一开口就把他们带进了忆苦思甜的氛围里。唐冬青只讲了一小段，讲的是爹妈被活活饿死的那一段，听得两个女老师差点落下眼泪来。一个说："她讲得比蔡大妈还感人。"另一个说："下次学校再开诉苦大会用不着请蔡大妈了，让她来讲就行了。"

说的无心，听的有意。回班级的路上陆老师一只胳膊搭在唐冬青的肩膀上，柔声细语地问她家庭情况。唐冬青说了爸爸是做什么的，妈妈是做什么的，还说了自己的哥哥、妹妹和弟弟。陆老师启发道："你爷爷、奶奶呢？他们在旧社会是不是也都受过很多苦？"

唐冬青不知道，她从小就没有跟爷爷奶奶生活过，对他们不熟悉也不了解。她只知道奶奶死得早，爷爷跟着大姑二姑住在乡下。爷爷总想到城里来跟着儿子过，说过好几次，无奈唐冬青的妈妈不同意。每提一次王玉芬和唐大就要吵一架，有两次夫妻两个还动了手，后来这事也就不提了。

王玉芬跟大姑二姑都是面和心不和，她嫌她们土气，嫌她们穷，从不到乡下去走动。五个孩子除了最小的一个有时候让爷爷带，其他几个也很少回乡下，所以唐冬青和哥哥、妹妹一样几年也不去一次爷爷家。别说爷爷奶奶在旧社会是怎么生活的，就是爷爷现如今是怎么生活的，她也一点不知道。

陆老师说："不知道不要紧，你回家去问问吧，问清楚了记得来告诉我。"

唐冬青回家问爸爸，唐大翻着一双模样俊秀的大眼睛，反问女儿说："怎么想得起提那些陈芝麻烂谷子？你爷爷奶奶旧社会怎么过的，旧社会还能怎么过？受穷受苦，没得吃没得穿，过着牛马不如的日子。"唐冬青赶忙从书包里掏出纸和笔，央求爸爸道："慢点讲慢点讲，让我记下来。"唐大却转过脸去不说了。

王玉芬凑过来，嬉皮笑脸对女儿说："问你们老唐家的事情呀？你问我好啦！旧社会他们真是苦头吃足了，你奶奶被卖到窑子里，你爷爷专门替人拉皮条。"

唐大听了立马跳起来，大骂道："王玉芬，我日你妈妈的！"

王玉芬一点不示弱，一只手叉着腰，远远地点着唐大的鼻子说："你说我哪一句说得不对啦？你娘没有做婊子啊？你敢站出来拍着胸脯子说你老子不是个老王八！”

唐大气得破口大骂，句句都很脏很难听，把王玉芬家的祖宗上上下下操了个遍，骂完嘭地摔门出去了。

问爹妈也问不出个名堂，反惹得他们干了仗，唐冬青心想还不如靠自己呢。她学没上几天，忆苦会倒是听过不少场。蔡大妈说的那些她早已经背得滚瓜烂熟，张大爷、刘大爷说的那些她也一样点点滴滴全部记得清清楚楚。她把蔡大妈、张大爷、刘大爷的苦混合混合，就成了自己爷爷奶奶在旧社会受过的苦。

唐冬青找到陆老师，她把自己编的故事讲给她听，陆老师听完好半天没说话。唐冬青战战兢兢地问：“老师，我讲得不行吗？”陆老师说：“行是行，就是还不够苦。”

陆老师亲自帮她修改润色，就像批改作文一样，一段段一字字地捋过去，替她删掉一点，又加进一点，再删掉一点，再加进一点，缝缝补补，拼拼凑凑，最后陆老师的创作完完全全替代了唐冬青的创作。

唐冬青登台一讲就获得了空前的成功。正式讲的时候她没有讲自己的爷爷和奶奶在旧社会如何如何，而是所有的故事情节都集中到了奶奶的身上。唐冬青讲述的“我奶奶”的故事是一本旧社会妇女的血泪史，她讲到奶奶出生在一条破渔船上，寒冬腊月里，她一落生就冻得差点没了命。她讲穷苦的奶奶怎么样从小吃不饱，穿不暖，长到十岁还没有穿过一双鞋。她还讲奶奶为了还债被迫到地主家里当丫鬟，受尽了地主和地主婆的打骂和凌辱。后来又被老地主卖到邻村做了童养媳，每天起早贪黑，要做最苦最累的农活和家务活，没过过一天好日子。最终奶奶不堪折磨，逃了出去，嫁给了同样也是上无片瓦、下无立锥之地的贫苦的爷爷。他们辛勤劳作，一年累到头还是还不上地主的租子。苦命的奶奶在一次难产中大出血，撇下两个年幼的女儿和嗷嗷待哺的婴儿死去了。

比起蔡大妈讲的自己受的苦，唐冬青讲的奶奶受的苦更集中、更凝练，因此主题更突出，也更感人肺腑，催人泪下。尽管同样是诉苦，蔡大妈讲的都是些原始资料，也就是说都是些未经加工整理的素材，枝枝杈杈，拉拉杂杂，前说后忘，有头没尾，能听得出她说的全都是怎么怎么苦，可也常常听得人一头雾水，实在费劲。而唐冬青讲得中心突出，层次分明，前后呼应，高潮迭起。她讲的内容都是修饰过的，是经过陆老师精心加工润色的，甚至干脆可以说就是文学创作。一个大字不识的没文化的卖菜老太太的满口村言俚语，怎么能拼得过一位热爱文艺的小学语文老师笔下的文字呢？所以唐冬青登上讲台一诉苦，全校师生很快就把从前忆苦思甜会上的大明星蔡大妈给忘掉了。

6

唐冬青一向很崇拜陈老师，

陈老师是她的偶像，

她认为陈老师是世界上最美的人，

也是一个非常了不起的人。

唐冬青先是在校内，后来又到校外，她到处诉苦，风头出尽。从前她一心想上宣传队，为的就是台下观众的眼光齐刷刷地投在她的身上，现在这个小小的理想轻而易举就实现了。她一下子成了一个远近闻名的小名人，名气远远超过了昔日的陈伊琴，也远远超过了今日的蔡大妈。

唐冬青算是一炮打响。向阳小学历来人才济济，有学习标兵，有运动健将，有文艺尖子，但是出一个擅长忆苦思甜的学生却是历史上的第一次。这是学校可喜的教育成果，校方决定把唐冬青树成一个典型。

学校里只有一个人看出了唐冬青的美中不足，这个人就是宣传队的陈老师。自从最心爱的弟子陈伊琴被扬剧团招走之后，陈老师便沉寂了下来，做什么事都有点打不起精神。现在宣传队经常是一礼拜也不排练一次，新节目说不上，老节目也越演越疲沓，大家差不多都不关心学校里还有没有这么个宣传队，陈老师自己也承认的确是没心劲了。

可是唐冬青再次一出现，陈老师的眼睛不由一亮。要不是名字和长相还都是老样子，陈老师肯定会以为这是另一个人，一个雨后春笋一样冒出来的新人。陈老师怎么也想不到不久前刚被她从宣传队里刷掉的一个人会一转脸出脱得如此有模有样，真是小蝌蚪变田鸡，丑小鸭变天鹅。陈老师很少错看过哪个人，这一次她却生生没把唐冬青这么一个有才情的人看出来。尽管谁也没有说什么，陈老师还是替自己感到很遗憾。为了弥补过失，她决定亲自带一带唐冬青。

都知道陈老师是个爱才的人，也都知道经过陈老师的手调教过的人一个个都出落得山清水秀，不同凡俗。这一次陈老师提出来要亲自带唐冬青，学校领导个个都非常高兴。前几年陈老师抓宣传队很有功，文娱节目搞得有声有色，为向阳小学挣了一大把奖，名声在外，忆苦思甜虽说不是演节目，但是与演节目有不少相通的地方，陈老师肯出手相教，唐冬青肯定会更上一层楼。班主任陆老师也很替唐冬青高兴，她领着唐，诚心诚意拜在陈老师的门下。

唐冬青一向很崇拜陈老师，陈老师是她的偶像，她认为陈老师是世界上最美的人，也是一个非常了不起的人。唐冬青很快忘了陈老师曾经不怎么看得起她，见到陈老师仍然激动无比。在她的心里陈老师高高在上，偶尔给她个笑脸就能让她快活好几天，如今她有机会整天整天地跟着陈老师，陈老师也是别的事情都不做只忙她一个人，她觉得自己是天底下最幸福的人。

陈老师的教法也是与众不同的。陈老师不让唐冬青试讲，也不要她背任何写在纸上的东西，她只是带着她到处走。上午大家都在上课，校园里静悄悄的，陈老师领着唐冬青出了后门去买菜，下午全校开大会，陈老师领着唐冬青去电影院里看了一场电影，第一天就这么过去了。第二天还跟第一天差不多，不同的是电影没看，师生两个逛大街去了。买菜、看电影、逛大街都不是唐冬青想要的，她跟在陈老师后面亦步亦趋，心里却是忐忐忑忑的，总觉得做的这些事情不够光明正大，生怕撞到学校里的人。陈老师却很坦然，买菜、看电影、逛大街一样都是自自然然的，看见熟人老远就主动打招呼，还回回不忘记向人家介绍唐冬青，好像她只要带着唐冬青，做什么事情都是正经事。

到第三天陈老师对唐冬青说：“有一句话你听说过没有？叫作‘工夫在诗外’，你不要以为坐下来学习才算不浪费时间。学习的方式有很多种，再说一个人有长进也不是非得靠一招一式地学，学来学去有时候反而倒会学死了。你听我一句话，学习其实是最浅层次的事，是一二三的一。长大了你就知道了，有的事情是没必要学的，活到了那个年纪功夫自然而然就成了。有的事情也不靠学，而是要靠悟，悟到了，你就跟那些凡夫俗子不同了。”

陈老师的话说得有点玄乎，唐冬青听得似懂非懂，但是陈老师话里高深的意思她还是模模糊糊地领悟了，她也愈加钦佩陈老师。

唐冬青每天跟着陈老师，就像陈老师的一个小尾巴。陈老师教六个班的音乐课，一星期十二节课，每天有两节。自从带了唐冬青，陈老师请求校长给她每个班级减掉一节课，一星期只上六节课，就这六节课陈老师还觉得烦，上课前后嘟嘟囔囔要抱怨老半天。唐冬青原先以为只有学生怕上课，没想到老师也一样怕上课。免去了六节课陈老师还是不满意，她又请求校长把宣传队也解散算了。校长认为解散宣传队太可惜，反过来做她工作，让她无论如何维持着。陈老师说自己实在是精力有限，校长便通融地说那就再找两个老师协助她，她抓总就行了，实际上就是让别人顶上，把她腾出来。

陈老师变得轻松自在，从来不织毛线的她现在毛线活也上手了。她拿着两根闪闪发亮的不锈钢毛衣针，两只灵巧的手上下翻飞，织的全都是最时髦的花。除了织毛衣，陈老师最喜欢坐在桌子边静静地嗑瓜子。她嗑瓜子的技艺也很高超，好几颗瓜子一起放进嘴，两个嘴角可以同时吐出瓜子皮。除了嗑瓜子，陈老师对所有酸的东西都特别偏爱，常常领着唐冬青满大街去买酸梅、酸杏、酸李子、酸葡萄，唐冬青看一眼就忍不住掉口水。

跟着陈老师一天天混熟了，唐冬青再不觉得她高高在上了，也没有被她看一眼浑身发热的那种感觉了。她觉得跟陈老师的距离近了，她看清楚了陈老师的脸上有不少细密的皱纹，一笑起来两个眼角有很深的鱼尾纹，她看见陈老师的裤腿开线了，衣襟上还有吃饭不小心沾上的油渍，她还闻到陈老师身上和头发里油烘烘的味道，有一点不清不爽的。陈老师在她的眼里不再光芒灼灼，陈老师就是陈老师。

因为处得熟了，陈老师也领唐冬青到她家里去。陈老师住的是教育局的宿舍，她爱人大朱在教育局里做秘书，唐冬青见过他，大高个子，笑模笑样的，一看就是个极好的人。他对陈老师也是特别好，和她说话很和气，也是未言先笑的，客气得就好像他们不是一家人。陈老师一到家，他就把拖鞋拿过来了，陈老师一坐下，他就把热茶端上来了。唐冬青看了羡慕死了，她想哪一天要是自己的爸爸妈妈也这样，那该多好啊！

去过了陈老师的家，唐冬青不再站在陈老师一边了，她觉得陈老师成天游手好闲的，有点不像个女人。在唐冬青的观念中，女人都应该是贤妻良母，在家里不声不响地埋头做事，什么脏活累活都应该是她们做，而且要做得一刻也不歇。女人也应该服侍男人，男人要吃她做好了端给他，男人要穿她洗好了拿给他，而且女人不管做多少事都不能发脾气，一发脾气就什么好都没有了。

就因为这一点，唐冬青对自己的妈妈很不满。王玉芬做是做了，但她的一张嘴也是一天到晚不得歇，骂完了这个骂那个，搅得家里鸡犬不宁的。唐冬青觉得妈妈做出来的那点好全被她自己一张嘴给说没了，所以她根本就不算是一个符合她标准的女人。本来唐冬青一直以为陈老师一定很贤惠，没有想到自己竟把她看错了。一个女人让男人给她拿拖鞋端茶倒水的，唐冬青实在有点看不惯。

还有一件事也让唐冬青很失望。有一天她在陈老师家里玩，陈老师出门去买面条淋了雨，回到家里当着她的面就换衣服。陈老师一抬手就把上衣脱掉了，脱掉了上衣的陈老师露出一身肥嘟嘟的肉，两个奶子松松垮垮地下垂着。唐冬青一直认为陈老师的身材是最好的，可是看到了她的上半身，她对她的好印象全没有了。陈老师换好了上衣换裤子，她脱去被雨打湿的外裤和内裤，露出肚皮和屁股。她的肚皮和屁股都是圆圆的，就像两个合在一起的小括弧，前面突出来，后面鼓出去，两条大腿反倒是细细的，下半身就像一只细脚大圆规，实在是一点也不好看。

在没看到陈老师的身体之前唐冬青认为她美丽

动人，看到了之后她觉得陈老师其实长得跟自己妈妈多少有一点像，只不过陈老师身架子小，也没有妈妈那么胖。唐冬青真是吃惊陈老师穿着衣服和脱掉衣服差别这么大，她喜欢陈老师穿着衣服，不喜欢她脱掉衣服。

更大的失望还在后面呢。陈老师习惯了唐冬青跟着她，连上厕所也喜欢带着她一起去。有一天两个人又一起上厕所，蹲下去之后陈老师发现没有带手纸，她打发唐冬青跑一趟办公室替她取草纸。唐冬青取了草纸回来，看见陈老师裤子褪到膝盖上，撅着白花花的大屁股，几只苍蝇正围着她嗡嗡地转。正午的太阳热烘烘，难得打扫的厕所里臭气熏天，陈老师孤零零地蹲在一摊新鲜的粪便上，被晒得一头油汗，既无聊又无奈。唐冬青实在看不得陈老师这个样子，陈老师蹲在茅厕里等草纸的样子把她心目中陈老师的印象彻底毁掉了。

不过陈老师还是教了唐冬青不少真东西。首先她教会了她松弛。陈老师说，无论到哪里，见到什么人，脸部都别僵硬，眼神要自然，当然最重要的还是身体要放松。不过放松不等于松懈，自己的神一定要守住不能散，这就叫形散神不散。陈老师说，松弛其实就是自信，对自己有把握，是大家风度。不能让别人觉得我们什么也没见过，就是真的什么也没见过，也决不能怯场。陈老师还教会了唐冬青沉稳，陈老师的教法很独到，她让唐冬青独自坐着，不去理她，常常一坐一整天。坐稳当了之后陈老师一个接一个向她提问题，可是都不要求她回答，只让她心里想想该怎么回答就行了。

一段时间之后，谁问唐冬青什么她都三缄其口，不轻易吐露一个字，不过她的眼神却是活泛的，让人觉得这孩子水深了。剩下的就是台风了，在陈老师看来这最不算什么了，雕虫小技而已，不过是在练好的形体外面披上一件外衣罢了。她随便教了教唐冬青怎么走路，怎么坐，怎么登台亮相，怎么停顿，怎么领着大家喊口号，最后怎么鞠躬退场，就算大功告成了。

经过陈老师这么一点拨，唐冬青果真不同凡响。她还像以前一样一身朴素的装束：小花褂，蓝裤子，黑布搭襻鞋，头上梳两条小辫子，但她却没有了从前的土气和小家子气。她往讲台前一站或一坐，仪态端方，眼神清正，台风好得不得了。而且她声音表情都极入戏，刚开口讲一句，台下的声音就静下来，开讲小片刻，台下已经有人忍不住淌眼泪。第一次试讲就把听众全都镇住了。原来认识唐冬青的人都说她就像是换了一个人。

陆老师领着唐冬青去感谢陈老师。陈老师嗑着瓜子笑嘻嘻地说："师傅领进门，修行在各人，她讲得好是她自己的本事，其实不用来谢我的。"有几日不见，陈老师又发福了，一张扁平的大胖脸没边没沿地铺开去，就像一张半生不熟的米饭饼。唐冬青真惊讶她怎么会胖得这么快。陈老师看唐冬青却是越看越顺眼，越看越喜爱，她两眼望着她，目光柔得像月光，就像她当年看着陈伊琴。唐冬青不由浑身一激灵，鸡皮疙瘩从屁股沟里升起来顺着后脊梁一路爬到后颈根。陈老师亲热地拍着她的背，眼睛笑得弯弯的，非常由衷地对她说：“你会越讲越好的，你听我说的没有错。”

果真唐冬青越讲越好了，场场台下泪如雨下，掌声不断，结束的时候经常要谢好几次幕才能走下去。现在唐冬青已经很少在学校里讲了，她被请到剧场里讲，站在陈伊琴她们跳藏族舞蹈的舞台中央，有极明亮的一排大灯照着她，面前还有一个麦克风。她成了众人瞩目的焦点，不少人排队买票就为去亲眼目睹一下一个会忆苦思甜的小神童。

唐冬青也的确不负众望，十几二十场讲下来，依然是好评如潮，还没出现过一次被人起哄的事，就是淮剧团演出也达不到这个效果啊。而且十几二十场讲下来，唐冬青完全说得上炉火纯青了。

发生在她身上的变化也是明显的，她迅速成熟并消瘦了，小小年纪，脸上竟有了风霜之色，额头上也早早生出了抬头纹。好多人都发现她越长越像蔡大妈，尤其是她对着麦克风颤巍巍地一开腔，活脱脱就是一个缩小了的蔡大妈。

学校送票请唐冬青的家长去听忆苦会，王玉芬和唐大推来推去，唐大没占到上风，结果只好由他出面去。女儿讲述的他妈受过的那些苦听得他目瞪口呆，也把他感动得涕泪横流。他妈生下他不久就死了，他怎么也没想到又被他女儿给讲活了。他对自己的妈妈从来没什么印象，女儿声情并茂的讲述让他好像看到了她。尽管那些事情生编硬造跟他的亲妈一点关系也没有，但是这些故事让这么多八竿子打不着的人都听得眼泪哗啦痛断肚肠，他心里还是蛮得意的。唐大虽说是个粗人，好赖还是知道的。女儿风光，他当老子的脸上也跟着有光，再说这也是他老唐家的荣耀啊，所以不管她在台上胡扯八道些什么，他也不会去拆穿她。

当晚唐大和王玉芬躺在被窝里，王玉芬早已经把听忆苦会这码子事忘得一干二净，一躺下身子就沉沉的，呼噜也跟着起来了。唐大用胳膊肘捣醒她，很感慨地说：“你下午没去听太亏了，三子讲得呱呱叫，看不出来这个小 × 丫头还真的有一套！”

7

王玉芬最见不得

女儿这副灵魂出窍的样子，

才多大点子岁数，

就神不守舍啦？

唐冬青成天在大庭广众之下倒苦水，自己的苦却从来不对别人吐露一句。

自从见识了陈老师的家庭生活，唐冬青对自己的家庭就很不满。陈老师家里人说话永远是和风细雨，相互之间和和睦睦，你敬我爱，而自己家里人说不上两句话就要吵起来，动不动大嘴巴子就扇到别人脸上了，砸锅摔碗是家常便饭。爸爸和妈妈两个，唐冬青觉得他们哪一个也拿不出手。

爸爸的样子长得还不错，高高大大很威风，很像一个响当当的男子汉，可他没读过什么书，脾气暴得不得了，经常眼睛一瞪就嚷起来，唐冬青实在没法子从心里尊敬他。妈妈就更别说了，她跟爸爸一样脾气坏，甚至比爸爸脾气还要坏。在她的眼里人就分两种：裆里有鸟的和裆里没鸟的，对有鸟的她就客气得多，所以她开口就骂伸手就打的第一个人就是唐冬青。挨打挨骂也罢了，唐冬青最看不惯妈妈的是她每天下班都要从粮店里拿一点米或者面回来，其实拿得也不算多，一次也就是两三把。唐冬青亲眼看见妈妈在每条裤衩上都缝了一个小布袋，米和面就藏在那个贴肉的口袋里。这明明就是偷窃行为，谁都知道偷东西是可耻的，她不懂妈妈怎么就不知道？每次王玉芬把裤衩口袋里的米或者面掏出来放到自己家的米缸或者面罐里，都是一副乐滋滋欢喜得不得了的样子，这也让她非常看不惯。

有一天唐冬青忍不住把妈妈偷米的事情悄悄告诉了爸爸，爸爸听了先是没说话，过了一会儿才不当回事地说："粮店的米垛子大着呢，拿个一把两把有什么要紧的？"唐冬青听了脸都气红了，她一点没想到爸爸这么没立场。

第二天唐冬青放学回到家，刚进门王玉芬就劈头盖脸给了她几巴掌，一边打一边恶狠狠地痛骂她："你这个胳膊肘朝外拐的小贱货，我屁股里不夹一把带回来，你他妈 × 吃屁去！"说着当着唐冬青面解开裤腰带，从裤衩口袋里掏出三把米哗啦哗啦丢进米缸里。

唐冬青又气又恨，心里暗暗地骂王玉芬不要脸，骂唐大叛徒狗腿子，心想自己怎么偏偏就摊着这么一对爹妈！泪水涌起来蒙住了眼珠子。

爸爸妈妈是这样，两个哥哥也好不到哪里去。

别人家的哥哥都有哥哥的样子，在家里做家务，在外头护着弟弟妹妹不让他们被别人欺负，有哥哥的小孩个个头抬得高高的。可是建华和建民却很够呛，一天到晚就知道打架，成天在外头撩猫逗狗，不是打人就是被人打，两兄弟嘴角、眉梢终年挂着彩。

除了在外面跟别人打，建华和建民在家里也动手。他们俩的脾气一个随爸爸一个随妈妈，一个是炮筒子，一个是火盆子，碰到一块就不消停。两个人经常为了抢一个饼或者一块肉大打出手，没有一点点的兄弟情分。对下面的弟弟妹妹更是毫不相让，有吃的抢吃的，有玩的抢玩的，没吃的没玩的就把欺负他们当乐子。这么一对活宝，唐大看了只当没看见，懒得去管他们；王玉芬同样也是睁一只眼闭一只眼，说他们五个崽子都是前世里的冤家，还说不是冤家不聚头，不分青红皂白就把他们一锅烩了。

有一件事情唐冬青心里恨恨的，却实在说不出口。有一天放学后，她在校门口碰到二哥建民，建民贼头贼脑地对她笑，还从兜里摸出一块糖纸都摸脏了的水果糖递给她。建民向来是个最爱占便宜的人，突然这么大方让唐冬青很诧异。可是毕竟他是自己的亲哥哥，他总不会害自己吧？唐冬青就接过了水果糖。建民在她耳朵边嘀咕了几句，让她先别忙回家，跟他一起出去玩玩。建民和建华一样从来是不在外头逛够了不回家，爹妈打都打不怕。相反，唐冬青从来放了学就回家，哪怕回去放了书包再出来。她不想跟建民在外面逛，建民说不动她，就动手拖住她的衣袖，非要她跟他走。

两个人拉拉扯扯的，顺着马路就出了城，一直走到一片打谷场。建民把妹妹拉到一排草垛后面，唐冬青看他鬼鬼祟祟的样子就挣开了他的手往回走。建民追上去拽住她不让她走。唐冬青问他："你要做什么？"建民吞吞吐吐地要求妹妹脱了裤子给他看一看。唐冬青说："呸，你真不要脸！"建民厚着脸皮央告妹妹说："就看一下子，行不行？就看一下子！”唐冬青坚决不让，建民动手扯她裤子，唐冬青两手拼命地护着裤腰，建民也是一副拼命的样子，一把扯断了她的裤腰带，哗的一下把她的裤子拉下了一半，唐冬青赶紧把裤子提上去，哇的一声哭起来。唐冬青一哭把建民吓住了，不过他还是嘴硬地说一句：“看一下子有什么了不起？”丢下妹妹一个人走掉了。走出几步他又折回来，伸出手毫不客气地命令唐冬青说：“把糖还给我！”唐冬青把那颗还没有舍得吃的水果糖扔给他，自己一路哭回家。

她怎么想怎么觉得这件事太下作，她都开不了口对妈妈说。而且她知道说了也白说，妈妈向来偏建民，说不定还会反过来把她臭骂一顿。

在没有接近陈老师之前，唐冬青以为被父母打骂是天经地义的事情，而且爸爸妈妈打了她，她从来不会放在心里面，痛过也就忘记了。可是陈老师对自己的女儿朱沁沁就从来不打骂，唐冬青好多次看见陈老师掏出自己镶满珠子的小钱包拿零用钱给朱沁沁，她一边给钱一边还笑呵呵的。她还看见陈老师给朱沁沁梳头发，桃木梳子上沾了刨花水，一下一下梳得很仔细，打的辫子又漂亮又时新。她还看见陈老师抚摸着朱沁沁的小脸蛋，嘻嘻哈哈地跟她玩，母女俩就像嫡亲的姐妹俩。唐冬青真的是羡慕死了，只恨自己没有投胎到陈老师的肚子里。

唐冬青常常想，我要是陈老师的孩子那多好啊，更具体一点她这样想，我要是朱沁沁该多好啊！唐冬青真希望能跟朱沁沁换一下，她成为朱沁沁，让朱沁沁成为她。有时候她又不想和朱沁沁换了，暗暗挑中的是班上的某个同学，或者是邻居家的某个年纪相仿的小姐妹，反正都是一些比自己处境好的人。一想到能和谁换一换，唐冬青心里就很兴奋，一个人会默默地想上好一刻。而且她只要一想这样的事，心里就有一种难以形容的快活，觉得自己就像小鸟在天空中飞。一到这样的时候她的面颊红红的，眼神很虚空。

王玉芬最见不得女儿这副灵魂出窍的样子，才多大点子岁数，就神不守舍啦？胸脯还没有凸起来呢，眼神就学得虚飘飘的了，真是天生的一个小婊子！每次一看到女儿眼睛直愣愣地出神，王玉芬就气不打一处来，忍不住就要骂，骂了她还不解气，大巴掌就上去了。唐冬青其实早就习惯了，可她每次还是眼泪汪汪的。

唐冬青越来越看清楚了自己的不幸，但是她却没一点办法改变自己的不幸。平常她尽量听爸爸妈妈的话，按着他们的意思去做，可是他们还是看她不入眼。为了能够得到爸爸妈妈的一点好感，她处处委曲求全，情愿把自己吃的穿的让出去，情愿把别人不肯做的家务包下来。即使这样，在爹妈眼里她还是她，她的日子也没有因此变得好过些。

有些事情的确是靠努力得不来的，唐冬青一点一点地明白了，不过就是不服气。她总想引起爹妈的重视，结果是他们对她都不肯费心去多看一眼。她在学校里那么红，她的忆苦思甜报告倾倒了校内校外无数人，她的成绩单上操行评定句句是表扬话，门门功课都是优，但这些在她爹妈面前全都狗屁不是，他们一点也不为所动。唐冬青真不知道她爹妈吃哪一套，什么才能够打动他们的心。唐冬青咬着牙下决心，她一定要爸爸妈妈把眼珠子从儿子们的身上转过来，好好地盯着她。

8

他弯着腰站起来，

跟她点点头又坐下了，

脸色慌慌的。

唐冬青立志要巴结好妈妈，她看透了唐大是个银样镴枪头，表面上他也跟王玉芬当面锣对面鼓的，实际上他根本斗不过王玉芬。王玉芬气他，他只会跳脚骂娘，摔了门一走了之，王玉芬给他一丁点好脸色，他又马上俯首帖耳跟在她后面做走狗。只要王玉芬想做的事情，就是唐大反对她也照样能做成，相反唐大不过是雷声大雨点小，到头来他总也拗不过她。在这个家里，王玉芬才是真正的当家人，也是真正说了算的人。唐冬青看得明明白白，心想与其拉拢他们两个人，还不如下功夫踏踏实实先把妈妈弄妥帖。她闷着头想了好久，总算才理出了这么个头绪。

功夫不负有心人，唐冬青处处留心找机会，机会果真就送上门来了。

有一天下午放学早，她提前回到家，看到家里坐着个人，因为屋里光线暗，她一下子没看出这个人是谁，她进屋却把那人吓一跳。他弯着腰站起来，跟她点点头又坐下了，脸色慌慌的。唐冬青一看他弯腰点头的模样，马上认出他就是八宝街上红心裁缝铺子里的裁缝罗瞎子。

罗瞎子并不真的瞎，只不过眼睛近视，看什么都眯虚着眼，还要把脸凑得很近去看。罗瞎子做得一手好针线，裁剪、缝纫、镶绲、刺绣没有他不能的，考究点的女人都要找他做衣服。唐冬青想不出罗瞎子到家里来做什么，平常跟他从来是不走动的。她看他一眼，他也同样看她一眼。也许是为了掩饰尴尬，罗瞎子从桌上的一盒飞马牌香烟里摸摸索索掏出一支，含在嘴里点着了，弯曲着食指和中指颤颤地夹下来，弹了弹烟灰，又颤颤地放回到嘴里去。

这盒烟还是过年的时候爸爸买的，家里来了贵客才拿出来。唐冬青想这个罗瞎子怎么也成贵客啦？她很不喜欢罗瞎子抽烟的样子，觉得抠搜，不像男人的样子。唐冬青更不喜欢的是罗瞎子一边抽烟一边咳嗽，“咔——咔——咔——啊哈”就从嗓子眼里咳出一口很浓稠的痰，扑地吐在脚边上，恶心得她直想吐。那样的浓痰只有捧了炉膛里烧过的煤渣子在上面踩碎了才能扫干净，扫鸡屎的时候她就这么做。

唐冬青刚想走出去，妈妈提着个茶吊子推门进来了，看到女儿她同样也吓一跳。不过王玉芬比罗瞎子沉着得多，她一边给罗瞎子倒茶，一边问女儿：“怎么这么早就下学了？”一边顺手把窗帘拉开了，嘴里解释道：“这西晒真厉害，家里什么东西都是热烘烘的。”她还没有忘记提醒女儿道：“你叫了叔叔吗？”

唐冬青很不情愿地叫了罗瞎子一声“叔叔”，罗瞎子又一次弯着腰站起身，含糊地答应着，脸上笑微微的。唐冬青很烦他那副黏黏糊糊的样子，别过脸去不看他。

王玉芬拿出了一根皮尺，脸上笑笑地塞到罗瞎子的手心里。罗瞎子愣了一下，才反应过来是要他做什么。他展开皮尺在王玉芬身上量过来量过去，先量了量臀，又量了量腰，他看一眼唐冬青，又蹲下去量王玉芬的裤管。也不知因为什么王玉芬突然扑哧笑起来，怎么忍也忍不住。她顺手拉了一把罗瞎子，罗瞎子迷迷瞪瞪站起来，有点晕头转向的样子，王玉芬笑得更凶了。好容易收住笑，她像大鸟一样张开两条大粗胳膊，让罗瞎子给她量胸围。量过了胸围，王玉芬一把扯过皮尺说：“好了好了，你先坐着喝口水吧。”罗瞎子听话地坐下了。

王玉芬转过脸和颜悦色地对唐冬青说：“三子，你替我去买点东西，你到百货公司去买一团白线，再到菜市去买两毛钱青菜，顺路去小店打一瓶酱油，剩下的钱给你到南货店买橄榄吃。”说着递给唐冬青一块钱，唐冬青接过钱二话没说就出门去了。

唐冬青一走王玉芬出了一口气，她重新把窗帘拉上了，咯咯笑着对罗瞎子说：“这一大圈够小丫头兜的。”她一屁股坐在罗瞎子怀里，大叹一声说：“哎，总算清静了！”

两个人抱着咂咂有声地亲，手忙着在对方身上摸，都是火急火燎的。这种事情他们从来都是抓住时机快快地做，连脱带穿顶多不过一顿半顿茶饭的工夫，急起来撒泡尿的空当就解决了，磨磨蹭蹭啰啰唆唆弄不好会撞上人，那才叫偷鸡不成蚀把米。

王玉芬和罗瞎子这上头心有灵犀得很，两个都不是不干脆的人。王玉芬三下五除二拽开了罗瞎子的裤子，一只手就伸了进去。罗瞎子呻吟了一声，也把手插到了王玉芬的裤裆里。一男一女呼哧呼哧喘着气麻花一样扭在了一起，他们一点没想到，一双滴溜溜的眼睛正从门缝往里面看呢。

唐冬青走出去没多远就折回了身。她总觉得妈妈和罗瞎子鬼鬼祟祟的，两个人当着她面量尺寸也让她心里有一种说不出的不舒服。妈妈的那一通狂笑更是古怪，就好像罗瞎子不是在给她量尺寸而是在胳肢她一样。妈妈笑得浑身的肉一颤一颤的，又是当着这样的一个人，让她觉得跌面子。

唐冬青非常不喜欢罗瞎子这个人，简直到了厌恶的地步，她看不得他黄白的面色，瞎叽叽的，头发油乎乎地耷拉在脑门子上，她觉得他浑身上下脏兮兮的，就像生下来以后就没有洗过几把澡。她也看不得这么个大虾米一样的人，坐在她家八仙桌边上又是抽烟又是喝茶跟个亲舅舅似的，还伸着个王八头等着她喊叔叔，实在是把她难受死了。其实罗瞎子还真的没有得罪过她，对她一直是笑容可掬的，不过唐冬青根本不领他的情。她对这个人从根子上有点烦，折回来就是想看看妈妈把这么个人请来到底要做什么，她怀疑妈妈会不会把家里什么值钱的东西拿给罗瞎子偷偷去卖掉。

就这一转眼的工夫窗帘又拉上了，这一会儿太阳被云挡着，也没什么西晒不西晒的了，唐冬青不由起了更大的疑心。她扒着窄窄的窗台往里看，可是那块旧被面改的窗帘拉得严丝合缝的，屋里什么也看不到。她从窗台上下来，前门后门兜了一圈，屏息敛气地把脸紧紧地贴在门板上。门板又脏又旧，她好容易在上面找到了一条很细的缝，把头转过去，两只眼睛一上一下往里看。

她看见罗瞎子光着屁股站在床沿下，两只手一手一只抓着王玉芬的两只脚，王玉芬躺在床上，大部分身体都被罗瞎子挡住了。门板不隔音，门里面的声音听得比看到的还真切。唐冬青听见里面唧唧哝哝的，还有声音很小的说话声。她听见罗瞎子的声音忽然高起来，他在里头喊："玉芬，玉芬，玉芬，玉芬，玉芬……玉芬啊！"罗瞎子叫得很用力，很气促，唐冬青听得差一点笑出来。她忽然听见妈妈的声音，不耐烦地催罗瞎子快点快点再用点劲，她还说了一句十分下流的话，唐冬青一听脸忽地就红了。

她就像打到门板上反弹回去的球一样迅速离开了家门口，心里隐约清楚了妈妈和罗瞎子正在屋里面干什么。她真替他们两个人难为情，尤其是一想到罗瞎子，她忍不住要作呕，真不明白妈妈怎么会看得上这么一个人。

下晚的巷子里静静的，没什么人。唐冬青真想叫几个人来砸开门，这样就可以把罗瞎子赤条条地拖出去。不过这样一来妈妈的脸面也丢尽了，所以还不能这么做。唐冬青也想到去煤店把爸爸叫回来，看他罗瞎子往哪里跑。可是这么一来妈妈也跟着完蛋了，唐大那个火暴脾气，还不一拳头把这个家砸烂了？所以这样也不行。唐冬青想来想去，竟然没有一个只惩罚罗瞎子又不伤到妈妈的好办法。她走出几步又走回几步，屋里的声音还能隐隐约约听得到，她既担心被过路的人听了去，又害怕唐大这时候突然回家来，一颗心悬悬的，一步三回头，又不敢不快点去买东西。

等唐冬青买了东西回来，天早已经黑透了。家里亮了灯，家门大敞着，人也全都回来了。桌子边上已经没有了罗瞎子，这让她心里好受了几分。王玉芬从厨房里走出来，见了她劈头就骂："死到哪块去疯啦？这点子东西要买这么晚啊？"她伸手夺过女儿手里的东西，脸上却没有一丝怒容，声音里也没有一点的火气，唐冬青看一眼就清楚了。而且她发现就她出去这点工夫，妈妈已经换过衣服了，不再穿着那件上班下班不离身的蓝大褂，而是换了小格子的确良衬衫和灰卡其布长裤，头脸也洗过了，还搽了香喷喷的雪花膏。她还发现一晚上妈妈的情绪都特别好。

唐冬青暗中处处留意妈妈，她看破了妈妈的秘密，也掌握了妈妈的秘密。罗瞎子并不天天来，他大约一个星期来一次，有时候一个星期也不来一次，但这个星期不来，下个星期肯定来。唐冬青在门背后用铅笔刀刻了细道，这一个月里，罗瞎子至少到家里来过三次，两次被她撞上了，还有一次她回家看到地下有烟头。家里没有人吸烟，地上有烟头一定是有客人来过了。罗瞎子来和别的人来也不一样，每次只要他来过，家里堆得乱糟糟的床铺就理得特别整齐，而且只要罗瞎子来，王玉芬早点迟点都会换衣服，回回都用雪花膏抹得香喷喷的。唐冬青掌握了这些规律，所以她很容易判断罗瞎子来没来过。

渐渐地唐冬青学精了，只要撞到罗瞎子来，就故意在屋里磨磨蹭蹭不离开。不过干坐着也不是个事，她就一会儿替他沏一杯茶，一会儿替他点一支烟，把个罗瞎子侍候得直夸她好，最后总是王玉芬出面把她撵出去。妈妈赶她走，唐冬青就趁机提要求，开口要两分钱买橡皮，有时候干脆狠狠心要四分钱买棒冰。王玉芬嫌她这个时候在面前太碍事，急着要支她走，也不管两分钱还是四分钱，没得心思跟她讨价还价。罗瞎子在王玉芬撩衣襟找零钱的时候，早已经手疾眼快地把钱塞到唐冬青手里了，母女两个都是乐滋滋的。

为了不错过罗瞎子到家里来的机会，唐冬青也是用了一番的心思。前一段她因为忙着接受陈老师培训和出去做忆苦思甜报告，落了不少课，陆老师为了保证她能跟上去，亲自给她开小灶。陆老师只要下午没有课，就把她叫到自己办公室单教她。唐冬青不算笨，陆老师讲一遍就能记住了，所以陆老师一般也就花个十分二十分钟教教她，剩下的就画点书后面的练习给她做。有时候陆老师要求唐冬青做好了作业才下课，有时候她自己要开会或者有事情，就早早地给她放学了。

唐冬青一放学就跑回家，她要堵住罗瞎子不让他钻空子。学校离家没多远，她甚至会利用课间十分钟跑一趟，侦察一下家里有没有可疑的动静，不过十次倒有九次要扑空。有好几次她气喘吁吁跑回家，家里窗户大开着，里面没有一个人，倒是邻居的一个老太太看见她一头大汗慌慌张张的样子，叫住了她问出了什么事。有一两次她还真的堵到了妈妈和罗瞎子，她听见他们在屋里面唧唧哝哝的，还有床铺发出的吱嘎吱嘎的声音。她还听到罗瞎子有气无力地叫："玉芬，玉芬，玉芬，玉芬，玉芬……我的亲妈妈哎！"她听得实在忍不住，捂着嘴笑出了声。

笑过之后心里却气得不得了。她防得这么紧，罗瞎子还是钻进了她家里。她暗暗地骂罗瞎子混账东西，罗瞎子是一泡狗屎，罗瞎子不得好死，骂了一遍又一遍，还是不解心头恨。她想推开门进去，可是门从里面闩得紧紧的，她想砸开门，却又横竖下不得手。她一会儿跑到前门，一会儿又绕到后门，没头苍蝇一样转来转去，还是想不出拿这个罗瞎子怎么办。

好容易等到家门呀的一声开了，唐冬青进门看见妈妈正拿着扫帚不慌不忙地扫堂屋，没事人一样，罗瞎子已经不见了踪影。她书包没顾上放就追到后门口，看见一个弯弯的背影刚刚走到巷子口正要拐到大街上。王玉芬跟在她后面骂道："看什么呢？看魂啊！进家你连人也不叫一声，你长着眼睛看不见我啊？"

唐冬青拉着一张脸，不理妈妈，还把书包重重地往八仙桌上一扔，倒吓了王玉芬一大跳。她看女儿一副气嘟嘟的样子，心里马上就猜到了几分。她想到自己也是太大意，只防着唐大，以为这么点屁大的小丫头什么也不懂，没有太避她，说不定哪一处没留意被她看见了，不堵上她嘴生出事情来就麻烦了，不如先把这个小东西收服了。王玉芬脸上马上笑眯眯的，凑过去对唐冬青说："替我做点事情好不好？"

唐冬青低着头写作业，假装没听见。王玉芬拿出五毛钱，放在她面前说："去摊子上买点虾酱来，好久没吃了。"唐冬青继续写自己的字，不理她。王玉芬瞟了她一眼说："顺便再买几块臭豆腐，你不是一直想吃的吗？"

这一下唐冬青再也不能无动于衷了，她放下铅笔，脸色柔和了许多。她和妈妈一样，最爱吃那些带臭味的东西，闻得臭，吃得香，越臭越开胃。臭虾酱的诱惑她还能够抵御，但是臭豆腐的诱惑实在是让她抵挡不住。她一想到解放路顶头的那家臭豆腐摊就要流口水，旺旺的煤炉子上面一锅滚油，什么时候去都是嗡着一堆人，锅里炸着臭豆腐，边上放一个剪了盖子的罐头盒，里面鲜红的辣椒酱沿着罐头盒边上淋淋漓漓滴下来，看着脏，吃着鲜。唐冬青从碗橱里拿了一只碗，乖乖地就去了。

王玉芬扔下扫帚，往脸盆里舀了半盆水，又兑进半热水瓶开水，脱了衣服，上上下下擦洗了一遍。唐冬青端着一碗虾酱、提着一串臭豆腐回来的时候，她已经洗好换好、雪花膏搽得香喷喷了。

唐冬青把罗瞎子看成是头号的阶级敌人，她恨死了他，无数次地设想自己站出来面对面地和他作斗争，可实际上呢，罗瞎子还在街那边过得好好的，红心裁缝铺天天开，生意还相当好。他照样还会到她家里来串一串，她碰见他还得规规矩矩地叫他一声叔叔，他也照样会塞给她几分零花钱，她想想自己真是没骨气。这样的日子啊，她真是一天也不想再过了。

思来想去，唐冬青认为只有一个人能够收拾罗瞎子，能够让罗瞎子从此再不敢跨进她家的门，这个人就是她的爸爸唐大。可是唐大又是那么个炮筒子脾气，一点就炸，唐冬青什么话都不敢跟他说，更不要说提这么一件事。唐冬青其实早就想让爸爸知道了，她实在是忍了太长时间了。她前怕狼后怕虎，现在想清楚光怕是解决不了问题的。她苦恼了好一段，终于有了一条好计策。

有一天下午，唐冬青上完一节课跑回家，家里门窗紧闭着，她贴在门板上听一听，里面果真有低低的说话声，找到那条细缝看进去，果真妈妈和罗瞎子在里面。她不由心头一喜，马上跑到煤店去找爸爸。

煤店也不远，就隔了三条巷子。唐冬青到那里的时候，唐大肩膀上搭条手巾正在看下棋，见女儿着急忙慌跑来找他，还以为出了什么事。唐冬青给他一张只有座位号没有时间的电影票，唐大抬起眉毛问女儿是什么事。唐冬青说学校请家长去开会，会后有节目。唐大没等她说完就说不去不去，你不看我正上着班呢吗？唐冬青缠着他说，每个家长都要去，学校规定的。唐大说，那你找你妈妈去。唐冬青说她哪肯去呀，脸上一副要哭的模样。边上的人看不过，劝唐大说：你就去一趟吧，不要让小伢子为难了，反正这里也没得什么事。

唐大被女儿拉着拽着走出了煤店，唐冬青说："你看清楚这是剧场的票，我要上学了。"说完一溜烟地就跑掉了。

唐冬青顺着大街走了一段，就拐进了一条小巷子里，三绕两绕，就绕到了唐大的身后边。唐大当街站了一会儿，他的确是不想去，开会和看节目他一样也没兴趣，不过想想出都出来了，不如过去逛一趟。

从煤店到剧场正好要经过家门口，唐冬青心想爸爸一身的煤灰，他怎么也应该先到家里换换衣服洗把脸吧。可是她眼睁睁看着唐大从自己家门前走过去，两只脚提得高高的，走得还很快。他甚至都没扭过脸朝家门看一眼，就好像走过的不是自己家一样。唐冬青仿佛一脚踏空下去，一颗心顿时灰灰的，她真拿爸爸没办法。

唐大到了剧场，四处空空的，连个人影都没有。他又看了看手里的电影票，只有几排几座，没标具体时间，还印着“内部”两个字，他弄不清楚是不是小丫头在学校里听错了。唐大走到大门口，问看门的老头子下午有没有家长会，老头子午觉起来还没醒透，反应很慢地回答说不知道。唐大又问他有没有演出，他说演出好像是有的，不过要到晚上才演吧。唐大问也问不出个名堂，在剧场门前踌躇了片刻，转身往回走。

离下班还有一大段时间，唐大心想还是回去上班算了。从剧场到煤店，中间还是要经过自己家。唐冬青已经对爸爸彻底失望了，她看着他直奔剧场而去，又不好叫住他，气得回学校了。她没有想到他这么快就返回来，而且又从自己家门口过一遍。

这一次唐大还是没有回家去，他也还是没有扭过脸朝家门看一眼。远远地他看见有个人从芝麻巷子里走出来，拐上八宝街匆匆地走过去了。唐大就在他后面，看得真真的是裁缝罗瞎子。这里家家户户都熟得很，唐大没见过罗瞎子跟哪家有走动。再说这一会儿家家上班都没有人，不知道他过来找哪一个的。如果离得近，唐大肯定会跟他打声招呼的。

9

簪着花的宋秋莲喜滋滋美滋滋的，

笑脸甜甜的，

整个人就像一颗奶油糖。

唐冬青费了那么大的劲，结果她爸爸和罗瞎子还是擦肩而过。不过唐大的眼睛虽说错过了屋子里的那一幕，可是他的耳朵却是一点也没错过。

罗瞎子在王玉芬家进进出出没几次，街坊四邻就有人指指戳戳。其实他们也并没有真看见什么，指指戳戳是他们祖祖辈辈养成的生活习惯。还有一点是因为王玉芬平常人缘太差劲，她最喜欢背地里对别人说长道短，而且人前一套人后一套，当面嘴甜如蜜，背过脸去不管人家有没有得罪过她，哪一个在她嘴里都是臭狗屎，在张嫂面前说李嫂怎样怎样，在李嫂面前又把王嫂说得一钱不值，天长日久周围的人都知道她这个人，早就在等着看她的笑话了。所以看见罗瞎子颠颠地进了她的门，他们就知道下面该有好戏看了。

王玉芬和罗瞎子都没有想到他们的一举一动竟然牵动着那么多人的心，他们还觉得自己做得很自然，既没有走得太频繁，也没有在人面前出双入对过，不过就是一条街上住着闲来没事走动走动。可是他们的邻居却不这么看，他们的眼睛都毒得很，他们只盯男女，不管别的。第一眼就在琢磨这一男一女有没有可能性，有可能性的就不说了；那些头一眼看上去并没有什么可能性的人，他们同样也不放过，因为在男女这件事情上，表面看上去没有可能性的也一样存在着巨大的可能性，这也是他们祖祖辈辈养成的生活经验，屡试不爽的。

王玉芬和罗瞎子就不属于那种一眼看上去就会怎么样的，两个人的长相在男人女人当中实在都太勉强了点，但长得不入流的不一定就不风流，街坊们有足够的耐心等着他们慢慢地发展起来。在街坊们看来，王玉芬和罗瞎子也不是绝对没有可能性，粗略些说这两个人还算得上年貌相当，罗瞎子又是孤身一人在城里做裁缝，钱挣得不算少，家眷却没有带在身边。王玉芬长得就像一头老肥猪，见了男人倒是会发嗲劲，骨子里头又是个巴家敛财的，给她点甜头不会不上钩。她和唐大挣钱都不多，家里还养着五只要吃要喝的小猪，能用女人天生的资本捞些外快她不会不乐意。

这条街上没有外来户，住的都是些知根知底的人。打王玉芬嫁过来第一天起，他们就看出这不是个省油的灯，早早就预备好了等着看她折腾了。话又说回来，床上的事情除了当事人应该是没有旁人知道的，可偏偏总是闹得满城风雨，也说明了这种事情是用不着亲眼看到的，听一耳朵就足够了。还可以这么说，这种事情真假也无所谓，有人传就是真的了。所以这件事情上早有一张网张着呢，王玉芬和罗瞎子早晚都是网中之鱼。只不过他们俩的的确确也做出了苟且的事，算是不负众望。

唐大听到隔壁邻居不少的风言风语，不过他都不当一回事，他知道这些人不嚼舌头没得日子过，隔上一段就要编排一个谁。他们一个个都是不读书不看报，编来编去就是自己鼻子尖底下的这点人，一条街上也没有哪个没被别人背后说过闲话的。王玉芬又是个人不招她她招人的人，嘴头子又不好，别人不恶心她，她还要去恶心人家，得理不让人，有理没理都要搅三分，这些唐大全都一清二楚，所以有人当着他面夹枪带棒说他老婆，他统统当他们是放屁。

正儿八经把王玉芬和罗瞎子的事情告诉唐大的是巷子另一头住着的宋秋莲。宋秋莲是唐大的远房表妹，也是一个有名的厉害角色，嫁的丈夫是动力机械厂的一个工人，从前也是街面上没人敢惹的流氓，前两年跟人打群架死了，家里就宋秋莲和一个四岁的儿子。宋秋莲会做豆腐，自己摆个豆腐摊，娘儿两个生活还过得去。原先王玉芬和宋秋莲两个人极要好，姐呀妹呀地称呼着，做了好吃东西也是你一碗我一碗端过来递过去，后来不知因为什么事两个人不好了，见面脸上挂了一层霜。宋秋莲男人死后，王玉芬不许唐大上她的门，嫌她寡妇不吉利。

宋秋莲是个聪明人，早看出来表嫂有防她的心。宋秋莲心里冷冷地笑，你不是防我吗？那我就非要做出点事情来，要弄得你不踏实。她有事没事就梳洗一新站在家门口，看见唐大远远地走过就娇模娇样地跟他打招呼，还时不常请他进屋帮着换个电灯泡、修个水龙头。唐大因为跟她沾亲带故，又看她一个女人家过日子不容易，自然不会拒绝她。每次唐大进了宋秋莲家，她都给他敬烟递茶，还给他下碗汤面或者煮碗小馄饨，和他说说笑笑，对他待若上宾。唐大在家里一天坐到晚，王玉芬对他也没个好脸色，更别提端汤递水侍候他了，所以唐大心里其实非常乐意去宋秋莲家。

也是没出多少日子就有人传唐大和宋秋莲，宋秋莲无所谓，却把王玉芬气坏了。王玉芬和唐大狠狠地吵了一架，和宋秋莲彻底翻了脸。不过唐大和宋秋莲都不怕她，两人反比以前更多了些眉来眼去。王玉芬也不能把唐大拴在自己裤腰带上，她看不见的时候唐大照样到远房表妹家里去。

一来二去这两个也上了床，上过床之后两个人也就更加无话不说了。宋秋莲说："哥哥你这样的人品，怎么娶了那么个东西？"唐大叹气道："都是听了上岁数人的话，不是说腰粗屁股大的女人会生儿子吗？所以就弄了她。"宋秋莲笑起来，乜斜着眼睛望着唐大说：“你就光听说腰粗屁股大的女人会生儿子，你就没有听说过腰粗屁股大的女人还会偷人吗？”唐大一时倒噎住了。

宋秋莲半吞半吐地对唐大说了不少王玉芬的事情，有真的，也有假的，还有半真半假的。她告诉唐大王玉芬跟卖肉的有一腿，还告诉唐大王玉芬和收鸡毛鸭毛的也不干净，宋秋莲半嗔半娇地说唐大：“她什么腥的臭的都往家里拖，你也不管管她！”唐大知道她恨王玉芬，就替王玉芬反问她：“你说的这些有什么根据？”宋秋莲没有想到唐大一下子就翻过脸去站到了老婆一边，心里觉得没意思，嘴上支吾道：“我听人家说的。”唐大说：“抓贼抓赃，捉奸捉双。这种事情没有抓到真凭实据谁知道是不是乱讲的？王玉芬嘴坏得罪人，她也是活该招人朝她扣屎盆子。”宋秋莲听了变了脸色道：“你是说我朝你老婆扣屎盆子？”唐大说：“我也没有这么说，不过这种事情我也不听人家说。”

唐大态度坚决，宋秋莲不再在他面前说王玉芬的坏话。忽然有一天她悄悄把他叫过去，神神秘秘地告诉他不止一个人在说王玉芬和罗瞎子关系不正常。这回宋秋莲也学精了，她对唐大说：“他们都这么说，我是一点也不相信。没有捉奸在床，这种事情也是好瞎说的？我跟你说也不是别的意思，我是怕你吃亏，让你多留一份心。”

不过这一次唐大一听就相信了，因为前些天他亲眼看到罗瞎子在他家周围活动，如果他走快一步，说不定看到的还更多。

唐大想起了唐冬青，那天忽然拿了张电影票一头大汗跑到煤店来找他，他到了剧场却扑了个空，现在看来她不是真的找他去开会，分明是别有用心的，这小丫头看不出来还真是人小鬼大哩。可这么一件蹊跷事，自己却没当它一回事，下了班回到家也就忘记了，连问都没有再问问她。唐大回过头想想自己实在是太粗枝大叶了，连小孩子都晓得了的事情，自己这么大岁数的人反倒被蒙在鼓里面。

唐大很想给这对狗男女一点颜色看看，不过王玉芬和罗瞎子还是要区别对待。对罗瞎子他觉得怎么样整他一下都不过分，杀了他才痛快，但他又不能当真提了菜刀去杀他，那样王玉芬跟罗瞎子有事没事等于都被他坐实了。唐大还没有这么傻，他只能等待机会再动手。

对王玉芬他就更加不能由着性子来了，王玉芬首先是自己的老婆，所以再怎么样跟她也是属于人民内部矛盾。他要是把这件事嚷嚷出去，王玉芬没脸，自己也跟着没脸。真要是痛打她一顿，打伤了还得自己掏医药费。唐大也想到不跟她过了，从此一刀两断，眼不见为净。他不是一个没血性的人，可是看看家里五个脏猪一样的孩子，他实在英雄气短，没法嘴硬地跟王玉芬提出离婚。再说王玉芬是个少有的泼辣货，一闹起来不管不顾连命都可以不要的，说实在话唐大心里也有几分怵她。既然还不想跟她走到鱼死网破那一步，也就干脆忍到底不去招惹她算了。

日子一天天地过，唐大看上去很麻木。唐冬青偷偷地观察爸爸，心情很复杂。其实唐大并不是真麻木，小三子留心他，他还是知道的。他只是没想到这么一个小丫头，才多大点子人，就这样有心计，心里又这样向着自己，倒不敢小瞧她。

唐大开始对女儿有了好脸色，每天下班都会问问女儿的功课，有事没事在女儿身边转两圈，高兴了还会摸摸她的小黄毛。爸爸抚摸她头发让唐冬青心里别提有多激动了，这样温情的动作，只有电影里的人才做得出来，没想到爸爸对自己这么好！唐冬青是个知恩图报的人，爸爸对她这样，她心里想好无论遇到什么事情自己一定站在爸爸这一边，就是让她去死，她也不改变。

其实也没有什么让她去死的事情，顶多就是家里有点不清静。唐大在家里和王玉芬怄了好几天的气，时不时地跟她闹一场，有时凭空火起，把老婆骂个狗血喷头，不过却都是找的别的碴，他一句也没有提到罗瞎子，更没有提到跟罗瞎子有关的事。但是王玉芬心里也是警觉的，她天生嗅觉灵得很，一看唐大猪肝一般的脸色，就知道他肯定是知道点什么了。所以唐大发脾气她倒是很沉得住气，拉着张脸在屋里摔摔打打，却一句话也不去接。唐大一个人骂过几次，倒也没多大意思了。

一街的人都在等着看热闹，没想到这一仗终究没有打起来。唐大这样，左邻右舍都很失望，宋秋莲也很失望，连唐冬青都觉得很失望。不过他们多多少少得着些别的安慰，邻居们都认为这件事情还没有完，说不定什么时候又有下文了，这倒比一次就闹完了要有意思。唐大给宋秋莲的安慰要实在些，自从她告诉了他王玉芬和罗瞎子的事，他再没有和老婆同过床，到她这里走得就比以前勤得多，功夫也用得深，而且也不像以前那样事情一完就匆匆回家去。除了自己来，唐大有时候还带着唐冬青一起来。这也是历来被王玉芬禁止的一件事，她不许唐大把小孩带到宋秋莲家里去，现在她眼睁睁地看着，却不说一句话。宋秋莲其实并不喜欢唐大的孩子，尤其不喜欢长得矮冬瓜一样的唐冬青，不过只要是能让王玉芬不开心的事情她倒是都喜欢，所以看见唐大父女俩一起上门来，她总是乐颠颠的。

宋秋莲哄小孩也有一手，只要唐冬青来，她都要翻箱倒柜找些吃的拿给她。宋秋莲自己也是个好吃的人，坛坛罐罐里总藏着一些市面上不常见到的稀罕物，唐冬青一生中吃到的第一块奶油糖、巧克力、华夫饼干、枣泥饼都是宋秋莲给她的。除了这些买来的东西，宋秋莲自己动手做的东西也格外好吃。她会做酒酿、包粽子，还会蒸糕、做馒头，只要唐冬青去，宋秋莲都会给她弄点她平常连看都看不到的东西吃。她坐一边吃，宋秋莲就在边上看着她，还问她味道好不好。如果是能放糖的，宋秋莲就会拿来糖罐子大勺大勺地往她碗里加糖，大方得不得了。

唐冬青一点也不知道宋秋莲根本就不喜欢她，相反她倒是非常喜欢宋秋莲。宋秋莲长得也说不上漂亮，单眼皮，厚嘴唇，不过她皮肤白净，身条也细溜，说话轻轻柔柔的，倒是有几分妩媚。男人在的时候宋秋莲是很喜欢打扮的，她出客的衣服都不是家前屋后的土裁缝们做的，件件都是到上海、苏州买来的。男人死了之后她衣服穿得素了些，不过脸上却搽起了粉。那个时代家前屋后的女人没有一个打扮的，早晨起来都是清水洗脸，顶多抹一点雪花膏，所以搽了粉的宋秋莲走出走进很显眼，何况她又是个小寡妇，引得那些恨她的人背地里都叫她“粉头”。宋秋莲也知道，不过她无所谓。

搽粉之外她的鬓角还常常簪着花，有时是蔷薇，有时是玫瑰，这两种花都是她自己院子里长的，开花的季节招引得蜜蜂蝴蝶满院子飞。唐冬青非常喜欢看宋秋莲鬓角簪花的样子。簪着花的宋秋莲喜滋滋美滋滋的，笑脸甜甜的，整个人就像一颗奶油糖。

有时候唐冬青在心里忍不住拿妈妈和宋秋莲比，觉得妈妈哪一点也比不上人家宋秋莲。妈妈很抠门，宋秋莲很大方；妈妈凶巴巴的，宋秋莲笑吟吟的；妈妈高声大嗓的，宋秋莲轻声细语的；妈妈又肥又胖，宋秋莲高高瘦瘦的；妈妈对自己又打又骂，宋秋莲总是拿好吃的给自己……唐冬青也想过自己要是宋秋莲的孩子会怎么样，答案是肯定很不错。她想宋秋莲做自己的妈妈至少不会比王玉芬差吧？看见宋秋莲和唐大拍拍打打，唐冬青心里竟然一点也不反感她。

有一回从宋秋莲家里出来，唐大问女儿玩得好不好，唐冬青点点头，说："好。"唐大又问女儿宋阿姨怎么样，唐冬青点点头，说："好。"唐大乘兴又问女儿宋阿姨和你妈妈哪个好，唐冬青说："宋阿姨好。”唐大停下脚步，两眼望着她，问她说：“你说的是真心话？”唐冬青点点头，说：“我说的是真心话。”

唐大重重地叹口气，他握住了女儿的一只手。唐冬青把爸爸的手攥得紧紧的，爸爸的心思和苦衷她都知道，不过她也一样没办法。从宋秋莲家回自己家不过几十步路，就这几十步路父女两个走得都很沉重。

女儿在感情上偏唐大，王玉芬完全看得出。自己肚子里爬出来的五个孩子，她自己也是一样对他们有偏有向的，从来也没有一碗水端平过。王玉芬是挑明了只喜欢男孩子，不喜欢女孩子，她一向认为生着儿子是福气，生着女儿是晦气，自己生了三儿两女，算是五局三胜吧。对三个儿子王玉芬个个都护在翅膀底下，对两个女儿她很少给她们好脸色看，吃的穿的都把她们排在最末等，有气也撒到她们身上去。

王玉芬想得很明白，老话说“养儿防老”，自己有三个儿子呢，真到老得爬不动也不会靠到女儿头上去，所以她不怕得罪那两个小丫头。王玉芬没想到的是唐冬青居然是个这么有城府的孩子，不仅知道看眼色，还知道抓人的短，表面上老实稳重，一问三不知，实际上鬼头鬼脑，不知道她心里头一天到晚琢磨些什么呢。这些天她更是明显地倒向她爸爸，对她爱理不理的。王玉芬已经有日子不和唐大说话了，对他那边情况不摸底，她怕唐冬青对她爸爸再说出些什么来。这么一个小人精，她这个当妈的还真不能不防着她一点。

防一个人最好的办法就是把这个人变成自己人，王玉芬决心下一些功夫笼络唐冬青。以前王玉芬只给唐冬青一分两分的零花钱，现在她一给就是五分钱。以前唐冬青的事情她很少管，现在她处处对她很关心。她看唐冬青两条辫子毛毛的总是梳不好，早晨起来嘴里衔着一把木梳替她梳辫子。以前她总是支唐冬青做这样做那样，现在都叫她妹妹唐春燕去做。王玉芬在唐冬青面前最大的变化是她不再开口就骂她，脾气比以前好多了。她对唐冬青说话的口气就像是对一个大人，而且还是一个她用得着的人。

妈妈忽然对她这么好，真让唐冬青有一点受宠若惊，受宠若惊之外，还有一点隐隐的不安。不知为什么她跟妈妈就是亲近不起来，妈妈对她做出一点亲昵的举动就让她浑身不自在，她听妈妈对她说的那些将心比心的话也总好像是话里有话。妈妈越是对她笑呵呵的，她心里越是惴惴的。

王玉芬费了一把子的力气，唐冬青在她面前还是那么拘束着，油盐不进的样子，她真有点拿她没办法。不过王玉芬相信只要肯下本钱就没有打不通的关节，她只是在犹豫值得不值得在这个毛丫头身上下本钱。有一天王玉芬看见唐冬青两片嘴唇吃得油油的，唐大拉着她一只手从宋秋莲家走出来，她的决心一下子就下定了。

家里没别人的时候王玉芬从箱子里拿出一个包裹给唐冬青看，里面有一条簇新的红纱巾，还有一条咖啡色裤线笔直的新裤子。王玉芬脸色格外好，带着几分神秘对唐冬青说："好看吗？他送的。"唐冬青一时竟差一点没有反应过来"他"是谁。王玉芬把纱巾拿起来，叠成一个三角形，轻轻地围在女儿脖子里，还把一面跌得裂了缝的镜子递给她，用一种少有的欣赏口气说："多好看啊，快照照！"

唐冬青长这么大也没用过这么好看的东西，她太喜欢簇新的红纱巾围在脖子里那种硬硬的、凉凉的感觉了，红纱巾的颜色真鲜艳，把她的小脸映得红红的。唐冬青照着镜子，就好像在梦里面。王玉芬笑微微的，她对女儿说："喜欢就送给你。"

唐冬青吓得赶紧就把纱巾解下来，这么好的东西，她怎么敢要呢？王玉芬故意不当回事地说："一条纱巾值什么？以后我要传你的东西还多着呢，哪天有空了我叫他把我结婚的呢裤子也改给你穿。”

这又是一个惊喜，这么一会儿就两大惊喜，让唐冬青高兴得脚底下有点发飘了。不过她脑子还是清醒的，她没有把漂亮得晃眼的红纱巾接过去自己收起来，而是看了一遍又一遍，最后还是仔仔细细地叠好了仍旧交到妈妈的手上，让妈妈替她收起来。王玉芬重新把红纱巾收进了她的小包裹，嘴里却是大大方方地对女儿说：“我就替你收着噢，东西是你的。”

这条红纱巾就好像是唐冬青放在银行里的一笔存款，她一想到它心里就美美的。再想想妈妈连这么好的东西都舍得给，怎么说对自己还是真的很不错。

王玉芬除了自己对唐冬青好，还拉着罗瞎子也对她好。这一阵唐冬青也没有多留意罗瞎子有没有到家里来，她的心思都放到宋秋莲那里了。倒是王玉芬有时候会拿出一小包水果糖，表情神秘地塞给她，说一句："他给的。"唐冬青没有选择地赶紧接过去，也没有选择地偷偷吃掉。水果糖的香甜最终还是把她的心给融化掉了。

10

罗瞎子一边做针线一边讲故事，

唐冬青越看他越像个老奶奶。

唐冬青曾经多么希望爸爸妈妈的眼睛能看看她，如今他们的眼光倒是都转向了她，她甚至成了他们两个争相拉拢和争夺的目标，可是她却一点也不快乐，相反她夹在爹妈中间，就好像他们一人拉着她一只手，把她朝两个方向拽，弄得她左右为难，横竖都不是。

如果单从感情上说，唐冬青是偏向爸爸的，可是现在妈妈忽然也跟她亲热起来，不仅什么东西都肯给她，还跟她说知心话，这就让她很难办。她尽了最大的努力对他们做到不偏不倚，至少对他们没有明显的偏向。他们对孩子向来一碗水端不平，现在她要对爹妈把这碗水端平了。

现在唐冬青除了去宋秋莲家玩，也会到罗瞎子的裁缝铺子里转一转。每次她去，罗瞎子对她都很客气，马上放下手头的活儿给她倒杯水，有吃的也会拿出来给她吃。罗瞎子常常一边踏着缝纫机，一边和她聊闲天，唐冬青发现这个人很能说，不但知道好多现在的事情，还知道好多古时候的事情，肚子里有不少的故事，而且还特别愿意对她讲。礼拜天唐冬青到他那里一坐就是大半天，大半天一晃就过去了。罗瞎子一边做针线一边讲故事，唐冬青越看他越像个老奶奶。

唐冬青去裁缝铺子里唐大不管她，因为那儿本来就是个女人扎堆的地方。王玉芬心里更是极愿意女儿去罗瞎子那里玩，有来有往，这样走动起来才不惹眼。所以唐冬青去裁缝铺子里不管待多久回家都没有人说她。

有一天下午，唐冬青正在学校里上自习课，有同学喊她说你妈妈来了。她抬头一看，果真妈妈正在窗口笑眯眯探头探脑地朝她招手呢。唐冬青走出去，妈妈低声对她说："快点拿上书包走，我们看电影去，我已经跟陆老师说过了。"唐冬青听话地拿上书包跟着妈妈出了校门，不过她不明白妈妈怎么会突然想起来叫她去看电影。

妈妈一边走一边替她翻好衣领，掸掉裤腿上蹭的灰，对她说："是他给的票，让我来叫你。"难怪妈妈脸色这么好，说话脸上还挂着笑，也难怪她换了衣服，还特意穿上了他送的裤线笔直的咖啡色的新裤子。妈妈忽然间从口袋里掏出一条红纱巾，叠一个三角，围在了唐冬青的脖子里。唐冬青幸福得都说不出话来了，她主动拉住了妈妈的手，脚下一路小跑跟着她。

罗瞎子早已经等在电影院门口，电影快要开场了，他急得一头的汗，脸上却还是笑嘻嘻的。看见她们娘儿俩急匆匆地来了，他把一包咸瓜子递到唐冬青手里，拉起她的手就往里走。他们三个人刚刚坐定，电影院里的电灯就熄灭了。

唐冬青坐在妈妈和罗瞎子中间，脖子里系着一条新纱巾，手里捧着一包咸瓜子，心里快活得不得了。银幕上演的什么她都没心思好好看，一直在想着电影散场后他们三个走在大街上的样子。罗瞎子这天穿了一身煞新的藏青色涤卡中山装，衣服和裤子上都有叠过的印子，肯定也是为了出来看电影专门换的。穿了新衣服的罗瞎子体面得很，连腰都挺直了，一点也看不出他平常那副猥猥琐琐、邋邋遢遢的样子。唐冬青心里想，要是罗瞎子、妈妈和自己是一家人，其实也是蛮好的。她坐在忽明忽暗的电影院里，把纸包里的咸瓜子一颗颗地浸泡在唾液里，心里一阵阵地涌起幸福感。

可是回到家里却大不一样了，家里的空气很紧张，唐大和王玉芬终日都拉长了脸，为了一点点小事情两个人就会炸一通。夫妻两个就像是一对冤家，开口对骂都是直接咒对方死。两个人一样的声高气粗，火冒三丈，一样的穷凶极恶，歇斯底里。有时候骂还不解气，两个人还动手打。

他们动起手来更是不顾死活，手里有什么上什么，见什么扔什么，屋子里常常是杯盏、板凳乱飞，如果没有人过来拉开，两个人至少要相互打得鼻青脸肿才肯罢休。唐冬青看他们这个样子，心里真难过。她想他们这是何苦呢？爸爸和宋秋莲很和睦，妈妈和罗瞎子也很投缘，她不明白他们为什么不跟自己合得来的人一起过。

有一天宋秋莲把正在外头踢毽子的唐冬青叫到家里，关好了门，一本正经地问她："这一段你爸爸妈妈是不是不太好？”唐冬青看看她，没回答。宋秋莲笑一笑，弯下身子附在她耳边说：“你不说，其实我也知道，你爸爸是不是不跟你妈妈睡觉了？”

这一点唐冬青其实也早留心到了。家里一堵半截子墙隔出的两间房，前面客堂间摆了三张床，两个哥哥一张，她一张，两个小的一张，后面一间摆着爸爸妈妈的一张床。不知从什么时候爸爸睡到了弟弟和妹妹的床上，弟弟和妹妹倒是跑进去和妈妈睡。唐冬青和爸爸床对床，常常看到他在床上翻来覆去，有时半夜里听见他带着哭腔说梦话，声音好凄惨，她会好半天睡不着。

宋秋莲问她：“你说你爸爸妈妈会不会离婚啊？”唐冬青也不是没想过这个问题，她看他们又打又骂，替他们想想还真不如分开的好，可是听宋秋莲这么直截了当说出来，心中还是很不快。她看宋秋莲一脸的关切，心想我家的事情跟你有什么关系啊？马上对她放下了脸。宋秋莲说：“我看他们肯定会离婚的，不信我们走着瞧。”

从宋秋莲家里出来，唐冬青更加忧心忡忡。宋秋莲说的这些话，她既不敢告诉爸爸，更不敢告诉妈妈，只好自己放在心里。

尽管唐冬青回家什么话都没有说，还是有人把宋秋莲说的离婚不离婚的话一五一十传给了王玉芬。王玉芬早就对宋秋莲憋着一肚子火了，她和唐大背地里偷偷摸摸的事情她也不是不知道，只是没腾出工夫收拾她，这一回她打算不饶她。

王玉芬挑了一个礼拜天，街坊四邻都休息在家，一大清早她就对着宋秋莲的大门一顿恶骂，骂她做寡妇不安分，还把宋秋莲家的十八代祖宗操了一个遍。宋秋莲正在屋里搂着儿子睡觉，睡梦里听见王玉芬在门外面破口大骂，她套了件褂子，披头散发就冲出了门。

两个女人交上了火，相互指着鼻子骂。一个骂另一个是“骚 ×”“狐狸精”，另一个骂这一个是“婊子”“烂货”，一个骂“不要脸的偷人养汉”，一个骂“没人要的贱货倒贴”，一个骂一个“离了男人操一天日子过不得”，一个骂一个“两条大肥腿夹不紧，哪个日都一样”，一个骂一个是“癞皮狗”，一个骂一个是“老母猪”，一个骂“不得好死”，一个骂“早死早干净”。

两个人都是面红耳赤，唾沫星子乱飞，就像发了疯一样，骂出来的话让男人听得都脸红，招得几条街上的人都过来看热闹。王玉芬和宋秋莲一刻不歇地骂了一上午，中间骂急了也动过几次手。两个人都抓破了对方的脸，一样是横眉立目，披头散发，脸上带着血道子。她们都从家里拿出了砧板和菜刀，一边骂一边剁，把本地骂架最恶的招都使了出来。她们在窄窄的芝麻巷里推过来搡过去，一会儿在宋秋莲的家门口，一会儿又到了王玉芬的家门口，看热闹的人一直前前后后紧跟着她们，每次动手都是一次小高潮，让围观的人兴奋不已。

两个女人吵得天翻地覆，唐大和五个孩子关着门待在家里，一个也没出去，外头的人谁也不知道他们在做什么。到了平常做午饭的钟点，外面王玉芬和宋秋莲还在骂，不过声势明显地小多了。两个人互相揭短，也实在没什么新内容了。看热闹的人渐渐散去了，左邻右舍飘出了饭菜香。唐大对唐冬青说：“你看看去，快吵完了没有？”唐冬青开了门，探出头去看了看，她们两个又交上了手。王玉芬和宋秋莲正在相互动手撕衣服，两个人咬牙切齿说的是同一句话：“我倒要把你扒光了叫人看看是个什么下流坯！”两个人的上衣都破了，露出皮肉来。唐冬青嘭地关上门，反过身在门上狠狠地踢了一脚，两行眼泪流下来。

王玉芬回来的时候已经是午后了。家里菜没买，饭没烧，一家人都眼睁睁地干坐着。王玉芬正要再次发作，唐大站起身不慌不忙走进厨房里，当着她的面把碗橱里的碗一只只拿出来，高高地举过头，狠狠地在地上摔碎了。摔完了碗他把做饭的锅也一只只全扔到地上，狠狠地踩扁了。孩子们个个都惊呆了。

王玉芬突然号啕大哭，这个英勇激战了一上午的威风凛凛的女人，看着家里满地的碎瓷片和几只变了形的黑乎乎的大铝锅，当着五个孩子的面瘫坐在地上痛哭流涕。她双手掩面，一声高一声低，呜呜咽咽，悲悲切切，一直哭到了天黑。

11

早晨起来还是好好的，

妈妈嘴里衔着木梳，

替她梳了两条滑溜溜的小辫子，

她还提醒妈妈不要忘记今天是她的生日，

妈妈满口答应忘不了。

王玉芬忽然有一天就出走了，之前一点预兆都没有，她也没有给家里人任何一点暗示。

王玉芬离家的日子距她和宋秋莲大吵的那天过去了大约有一个多月，这一个多月的变化相当大。

一个多月前还是秋高气爽，树叶子碧绿，到处都是花团锦簇的，眼下天气已经冷下来，花早谢了，树叶子也落光了，连太阳光的金黄色也好像淡了下去，天也短了不少。

这一个多月，唐冬青家的日子倒还算是正常，爸爸妈妈还是时常有点小摩擦，但大吵大闹却没有过。唐大打碎了家里所有的碗，踩扁了家里所有的锅，王玉芬气归气，但是日子还要往下过，碗和锅又一只一只地添置了起来。

有意思的是唐大和王玉芬分头买回来的那些吃饭的家当还都是原来的模样，乍一看还是从前的货色，好像根本就没换过。唐冬青本来是盼着他们能买一些稍微好看一点的碗和锅的，也算是新换过了，结果他们图省钱，买的都是最便宜的东西。不过便宜归便宜，用还是一样用。唐冬青心里想，只要家里安安生生的，能够过下去，就比什么都要强。

很快唐冬青就要过十周岁的生日了，她很早就盼着这一天。她的同学当中有不少人都过过十岁了，一提起过十岁都是喜形于色的样子。远的不说，唐冬青的两个哥哥也都过过十岁，家里还请了亲戚来吃饭，还给他们从上到下做了新衣服。唐冬青也想过十岁，她早早地就分头跟爸爸和妈妈说了，都是趁他们心情极好的时候开的口。唐大痛痛快快地答应了她，说叫你妈妈替你弄吧。王玉芬一听就笑起来了，说小丫头过什么十岁呀。唐冬青不服气，她说我的同桌也过的，人家也是女的嘛。王玉芬说你怎么这个时候才想起来？你已经过过十岁了。唐冬青说我没有啊。王玉芬说生日是做虚不做实的，要过十岁你也要在去年过，不相信你去问别人。

就像一瓢凉水兜头泼下来，唐冬青心里真是太失望了。好容易迎来了1973年，好容易就要等到这么个盼望已久的日子了，妈妈却告诉她其实那个日子早已经过去了。要是放在以前她肯定会大哭一场的，可是现在她心里空空的，连哭的念头都没有了。

不过王玉芬还是答应补偿她，平常过生日有一个煮鸡蛋，这一个生日她答应给她煮两个。唐冬青心里面并没有觉得有多高兴，可这也就算不错了。

但是真到她生日这一天，妈妈却离家出走了。

王玉芬是吃过中饭才走的，走之前还跟平常一样收拾了桌子洗了碗，把四个孩子打发上学了，最小的一个头一天晚上就送到爷爷那里去了。唐大一向中午下班迟，回到家里人都吃完饭走光了，往常也都是这个样。这天锅里也还一样给他留着饭和菜，不一样的是桌子上多了一张从小孩练习本上撕下来的纸条，上面歪歪扭扭写了几个蚕豆大的字，只有一句话：“我走了，不用找，找到我也不回来。”唐大立刻就锁了门去了红心裁缝铺。

裁缝铺子倒是开着门，这有一点出乎唐大的意料。罗瞎子正端坐在缝纫机后面埋着头踏踏踏地轧衣服，唐大走过来他也没看见。唐大愣怔怔地在街对面站了片刻，转身回家了。

王玉芬去了哪里、跟谁走的竟然没有一个人知道。唐大推断她肯定是跟男人跑掉的，可是罗瞎子人还在，那个男人又是谁呢？到了下午一条街都知道了唐大的老婆跟人走掉了。大家四处替他打听，很快就知道了邮政大楼工地上的一个建筑工人这一天也突然失踪了。他们问唐大认识不认识这么个人，唐大说不认识，他们便替他分析说这很可能就是和王玉芬走掉有密切联系的一件事。

左邻右舍提供线索说，看见过王玉芬去邮政大楼的工地上，也有人说，前些日子有一个陌生的男人来家里找过王玉芬，说来说去，结论就很明确了，王玉芬必是跟着那个建筑工人走了无疑。

马上有人提醒唐大说："你赶快看看家里少了东西没有。"也有人提醒唐大说："你赶快去看看孩子都在不在，他们别把孩子都给你带走了。"

唐大马上进屋翻抽屉，抽屉里的三十一块五毛三分钱一分也没少，他松了一口气。箱子里的东西也还在，王玉芬只拿走了自己的衣服，别的什么也没有动，连米和白糖都没有少。孩子唐大倒是不操心，王玉芬再不好，也是他们的亲妈，她肯带走几个就由她带走几个，她要是把那几个全带走了才好才省心呢。反正有个裆里有小麻雀的小五子在他老子手上，唐大一点也不担心。

唐冬青怎么也没想到在自己过生日这一天妈妈离家出走了。早晨起来还是好好的，妈妈嘴里衔着木梳，替她梳了两条滑溜溜的小辫子，她还提醒妈妈不要忘记今天是她的生日，妈妈满口答应忘不了。

中午回家吃饭，在平常的腌咸菜和萝卜干之外，妈妈果真多做了两样菜，一个韭菜炒虾子，一个红烧茨菰，都是平常桌上不怎么见得到的。哥哥和妹妹一起扑上去，两只碗一会儿工夫就见了底，唐冬青也没有捞到几筷子。

吃过饭，唐冬青心里想想不满意，她对妈妈哼哼：“你答应给我两个煮鸡蛋的，你怎么没有给我煮？”

王玉芬敷衍她说：“不要再烦了，我被你哼得头都昏了。我答应你的事情什么时候赖过账？家里多少日子都没有鸡蛋了，你两个鸡蛋就算存在我这里好了，等有了我煮给你吃就是了。”

唐冬青说：“你真的说话算话？”

妈妈说：“行啦行啦，我保证说话算话。”一边不耐烦地推她走。

唐冬青识趣地背了书包上学去。说心里话她还是信得过妈妈的，前年她就有一个鸡蛋存在妈妈那里，妈妈一直承认有这回事。加上今年这两个，她一共有三个鸡蛋存在妈妈那里了。

临出门的时候妈妈叫住她，拿出自己结婚时的一条呢裤子，让她放学去裁缝铺里找罗瞎子改一改。唐冬青满心欢喜，这也是妈妈早答应过她的，说明妈妈说过的话还是记得的，也是放在心上的。唐冬青把呢料裤子塞进书包里，一蹦一跳去上学了。

放学以后她没有回家，径直去裁缝铺子里找罗瞎子。

天还早，不过就是阴得厉害，眼看着就要下雨了。罗瞎子已经上了门板半掩了门，正弯着腰在炉子边上烧晚饭。唐冬青推门进去时他不大不小地吃了一惊，眼睛定定地看了她好一刻。唐冬青说："这么早就收摊了？"罗瞎子支支吾吾地应了一声，小心翼翼地问她："看见你妈妈了吗？"唐冬青说："我放学还没有回过家。"罗瞎子就明白她还真的是不知道呢。

罗瞎子不想对唐冬青说王玉芬的事，他说不清楚，也怕她听了会哭起来。他让唐冬青坐，问她来找他有什么事。唐冬青笑着说要请他改裤子。罗瞎子说："今天怕是不行了，今天我倦得很，眼睛也看不清。"唐冬青说："不着急，哪天你有空再替我改好了。”

唐冬青正要走，罗瞎子拉开五斗橱上的玻璃柜，拿出一个油汪汪的纸包递给她。唐冬青接过来，是一个鸡蛋糕。罗瞎子笑吟吟地对她说：“快吃了吧，本来就是留给你的。”

唐冬青本想说不要的，但是鸡蛋糕的香气冲到了她的鼻腔里，那种油滋滋、甜津津的香味，让她忍不住想尝一尝。唐冬青心想跟罗瞎子是没有必要客气的，便狠狠心对着鸡蛋糕一口咬下去。罗瞎子倒了一杯开水，递到她手里，细心地关照她说：“喝口水，当心不要噎着了。”

吃完了鸡蛋糕又喝了水，唐冬青反而觉得肚子里空空的。她很想回家去，又不好意思刚吃完人家东西马上就抬腿走，只好再坐一歇听罗瞎子唠叨。

罗瞎子说：“天冷了，天短了，怎么过哎——”他念念叨叨的，就像是自言自语，而且每个字的音都拖得长长的，唐冬青听了心里说不出地觉得没指望。

她站起身，罗瞎子拉住她，要留她一起吃晚饭。罗瞎子说：“来得早不如来得巧，你闻到我锅里的肉香了吗？”他把锅盖揭开来，一大团热气呼地冒出来，唐冬青什么也看不见，不过香味却是足足的，闻得让她流口水。热气散去之后，她看见砂锅里正咕嘟咕嘟翻着泡，里面炖着猪肉、洋山芋、胡萝卜，还放了黄豆、干笋和豆腐果，汁都炖白了。罗瞎子又把饭焐子揭开来，让唐冬青看他新焖的一锅油津津的白米饭。他问她说：“怎么样，就在我这里吃晚饭好不好？”

唐冬青摇摇头，嘴里却在咽口水。自己家里就是过年也吃不到这样好的菜，真羡慕罗瞎子的日子过得这么好。她完全能想象出自己家里晚饭桌上的饭菜，一锅泡饭，不是大头菜就是萝卜干，和罗瞎子这儿一比较，真是一个地下，一个天上。她正犹犹豫豫的，罗瞎子已经在她面前放好了筷子和碗，对她说："只当是你陪我吃晚饭，我领你的情好不好？"

话都说到这个地步了，再推辞就不好了。唐冬青半推半就地接了碗，心想在他家吃过了回家妈妈大概也不会骂的，又想今天是自己的生日，过生日总归可以特殊一点的，就当是在罗瞎子家里吃生日饭吧。

吃过晚饭，罗瞎子收了碗，唐冬青看见外面下起了雨。一上来就滴答滴答下得很大，没多大工夫就哗啦哗啦下成了一片。唐冬青急起来，对着正在擦桌子的罗瞎子赌气地说："你看下这么大了，就怪你，让我怎么走啊？"

罗瞎子看一眼窗外，好脾气地说："下得真不小，你只好坐一刻再走了。"

唐冬青心里很着急，可是罗瞎子一团和气的，她也不好再说什么了。她不说话，罗瞎子却找出话来对她说。罗瞎子问她学校里的事情，她回答得很不耐烦。罗瞎子又问她："想不想听我讲故事？"唐冬青干干脆脆地回答说："不想。"罗瞎子叫她："你过来，我替你量量尺寸吧。"

这一下唐冬青不好拒绝了，本来她就是为改裤子来的，她不可能不让他量尺寸吧？罗瞎子拿出一卷皮尺，耐耐心心地，替她量了量腰，量了量臀，又量了量裤长和裤管。量立裆的时候罗瞎子手里的皮尺在她两腿之间紧了紧，唐冬青不由自主地抖了一下。

罗瞎子扶住她的肩，轻声轻气地问她说："你没事吧？"唐冬青赶紧摇摇头。

罗瞎子带着笑温柔地凑近她的脸，贴上去闻了闻说："小孩子，真香啊！"唐冬青本能地把脸躲开去。她在电影里看见过男人亲女人，不过都是些坏人，好人是从来不这样做的。见她板起了脸，罗瞎子变戏法一样变出一个红彤彤的大苹果，塞到她手里说："吃苹果吧！"

他拉她坐在床沿上，用一把雪亮的小刀替她削苹果皮。苹果对唐冬青来说也是稀罕物，她长这么大也没有吃过几次苹果，而且她吃苹果都是洗洗连皮吃的，削了皮吃还是头一回。她看罗瞎子两只做针线的手真灵巧，一会儿就把薄薄的一层皮削掉了，又把苹果削成一瓣一瓣的月牙形，她吃一片，他递一片，把一只苹果吃得只剩下了一个核。

罗瞎子问："好吃吗？"唐冬青点点头。

罗瞎子又问："还要吗？"

唐冬青想了想，还是点点头。

罗瞎子笑笑说："今天没有了，明天我再给你买。"

唐冬青心里突然地升起了一点感激，感激罗瞎子对她这样好。爸爸尽管喜欢她，也没有对她这样过，妈妈这一阵尽管对她也很不错，不过也没有对她这么好。唐冬青想，自己和罗瞎子非亲非故，他能这样对自己，这个罗瞎子真是一个好人。

她正这么想着，罗瞎子的一只手轻轻地搂住了她的一条胳膊，他稍稍用了一点力，就把她拢到了自己的胸口上。罗瞎子用三根指头细细地抚摸她的脸，声音软软地说："你知道不知道，你自己就像一只大苹果？"他伸出两只热乎乎的巴掌把她的脸捧在手心里，肥肥的两片嘴唇贴在她的嘴唇上。

他嘴里的那股味道可真不好闻，唐冬青马上想到了洗过油抹布的石碱水，她甩着头左右躲，结果弄得罗瞎子亲得她一脸的口水。

罗瞎子停下来，问她说："你是不是怕我呀？"

唐冬青想了想，摇摇头。

罗瞎子又问她："你是不是很难受？"

唐冬青想了想，又摇摇头。

罗瞎子好言好语地对她说："不要怕，没事的，一点都不要怕。"他把她抱抱好，在她耳边说："你把眼睛闭起来。"

他一边说一边继续亲，先还是轻轻的，突然之间就不一样了，他猛地把她的嘴唇吸到自己嘴唇里，又用舌头撬开她的门牙，在她嘴里又舔又咬，疯掉了一般。唐冬青想挣开他，可是他把她抱得紧紧的，唐冬青想喊，嘴却被他堵得严严的。

她用力挣脱开，或者说是罗瞎子放开了她。罗瞎子握住她的一只手对她说："知道我有多喜欢你吗？你不知道，你不知道，你不知道！"他重重地叹了一口气，又把脸凑上来猛亲她。唐冬青想躲没躲开，被他兜头抱住，差一点喘不过气来。

唐冬青好容易才把他的两条胳膊扒开，站起身就要走。罗瞎子一把揽住她的腰，抱住她说："你不要走，你再陪陪我，天还早，再陪我一刻好不好？"他的口气带着哀求，还从来没有一个大人用这种口气跟她说过话，这让她心里很不好受。本来她已经很烦罗瞎子了，亲得她满脸的口水和大蒜味，可是看他这样一副可怜巴巴的样子，就又心软了。

罗瞎子抱起她坐在自己大腿上，仔仔细细地端详她，两个黄黄的眼珠子快要盯到她脸上了。他非常感慨地说："你知道吗，你长得可真像你妈妈啊！"

以前也有人说过这样的话，可是谁也没有罗瞎子说这话时这么用心。唐冬青是知道罗瞎子跟妈妈的那一层特别的关系的，也正因为有这么一层特别的关系，她觉得和罗瞎子亲近一点也没什么。可是罗瞎子这样亲她让她很害怕，心里也有一层困惑，就是罗瞎子难道真的这么喜欢她？她还没来得及想明白，罗瞎子的手又伸了过来。

这一次他的手就像鱼一样绕着她游动，他轻轻地撩起她的衣服，先是摸她的背，又绕过去摸她的胸。唐冬青的胸口平平的，皮肤光滑得像丝绸。罗瞎子摸了一遍又一遍，还把脸和嘴巴贴上去。摸过了上身他的手从裤腰里伸下去摸她的下身，还是由后向前，先摸她两瓣屁股，又绕过去摸她两腿之间的小东西。唐冬青的下身也是光洁的，滑溜溜的就像一只小鸡蛋。罗瞎子越摸越放不下她，忍不住动手去脱她的衣服。

脱她的衣服很费了一番劲。小丫头拼了命地反抗，捂着衣扣死活不让他解。罗瞎子好话说尽她也不睬他。罗瞎子从枕头底下的记账本里抽出一张崭新的十块钱，放在她手里对她说："你让我替你把衣服脱掉这十块钱就给你了。"结果她还是不肯。罗瞎子没办法，又抽出一张崭新的十块钱放在她手里，趁她一犹豫的工夫就把她脱光了。

两张十元的新钞票发着蓝莹莹的光，飘着一股好闻的油墨香，唐冬青这一辈子也没有见过这么多的钱，更别说自己能有这么多的钱。二十块钱能买多少东西啊！过年的时候爸爸妈妈给她的压岁钱只有两毛钱，就是两个哥哥和小五子也顶多每人五毛钱。二十块钱，如果让她把每年的压岁钱攒起来，那得攒上一百年！

捏着这两张大票子，她心里真是有说不出的激动和高兴。

脱光了衣服的唐冬青就像一只褪去了绒毛还没有出毛的小鸡，光溜溜、嫩生生的，罗瞎子眼睛都直了。他脸对脸地问她说:“能让我亲亲吗?”她点点头。他问她:“肯让我摸摸吗?”她点点头。他又问她:“……”唐冬青没有听明白,问他说:“你说什么呀?”罗瞎子叹口气:“唉,你怎么连这都不懂!”

他很快脱掉了自己的衣服,爱怜地抱起她。他托着她的头靠在被垛上,唐冬青马上就想到了她在门缝里看到过的那一幕,突然惊恐地叫起来。罗瞎子赶紧捂住了她的嘴。罗瞎子附在她耳朵上哄她说:“乖乖的,不要出声,我会让你舒服的,一点都不疼的。”

他又抱起她,让她躺躺好,躺平之后唐冬青觉得胃里沉沉的,有一点疼。她从来不胃疼,自己知道是吃多了。伸手摸一摸,小肚子圆鼓鼓地凸起来。罗瞎子也不问问她肚子难受不难受,一下子就压在了她身上。罗瞎子紧贴着她扭过来扭过去,就像不会水的人下河游泳一样,在她身上直扑腾,两只手就像溺水的人那样不顾一切地死死抓住她,一边喘气一边叫她的名字："冬青，冬青，冬青，冬青，冬青，我的好宝贝啊！"突然他"啊哟"一声叫，随后就像真的死了一样，身体沉沉地压下来。

唐冬青闻到了一股蛋清气，大腿和肚子上也沾上了一股黏糊糊的东西，她看到那些东西是从罗瞎子的那个玩意儿里流出来的，恶心得差一点就要吐出来。罗瞎子从褥子底下抽出几张揉得烂疲疲的黄草纸递给她，柔声说："你擦擦。"

这件事太让唐冬青难受了，她没想到会弄成这个样子。她飞快地穿好了衣服，气呼呼地坐在床沿上，眼泪随时都会流出来。罗瞎子看出她不高兴，他拿过她的杯子，重新倒了一杯热水给她，她不喝，他把饼干盒拿给她，她也不吃，罗瞎子把掉在枕头边上的两张十元钱拿起来，把它们叠在一起，放到了她的口袋里。

罗瞎子说："你别害怕，根本就没进去。"

唐冬青对他的话似懂非懂，不过意思她是明

白的。

罗瞎子又拿出两张揉得烂疲疲的黄草纸，叠了叠塞到她另一边的口袋里，还是轻声轻气地对她说：“擦擦干净，千万不要对别人说啊！”

唐冬青一路走回家去，外面天早已经黑透了。雨也不下了，街面上汪着不少水。她迈了两步，鞋袜就全湿透了，冰凉的水浸得她很难受。她心里懊丧极了，身上也不清爽，所有被罗瞎子碰过的地方都像有无数的小虫子在爬，浑身的皮肤就像沾了一层蛋清那样紧绷着，她真想马上洗一把澡，可她知道洗澡其实也不顶用。她心里酸酸的，眼睛也是酸酸的，想哭却又哭不出来，心里想想也实在是没什么理由非要哭。

快到家门口的时候，她看见两个哥哥穿着套鞋吧嗒吧嗒从水里踩过去，穿街过巷追着打，带起一路的泥水，一直溅到她的身上和脸上。妹妹蹲在家门口的黑影里，正无所事事地东张西望。看见她回来，春燕说："你去哪里了？爸爸找你呢！"

唐冬青问妹妹："爸爸呢？"春燕头也不回地指指屋里面。

屋里没有开灯，唐大已经睡下了。他四仰八叉躺在里屋平常王玉芬睡的大床上，没有盖被子，呼噜打得震天响。床底下扔着一个空了的酒瓶子，满屋子都是他呼出来的酒臭气。

春燕悄悄拉一拉姐姐，对她说："你还不知道吧，妈妈离家出走了，她再也不回来了——"说着就像火车鸣笛一样拉长了声音哭起来。

唐大翻了个身，朝她们嘟囔着骂了一句又睡过去了。

唐冬青问："真的？"

春燕咧着嘴哭得更凶了。

唐冬青却没有哭，她的眼睛干干的，没有一滴泪。"离家出走"四个字就像一道雷劈在她头上，一下子把她打翻了。她不明白妈妈为什么要走，她也不明白妈妈走为什么也不跟他们说一声。她马上想到自己还有三个鸡蛋存在妈妈那里，她这么一走，三个鸡蛋算是泡汤了。她想妈妈心真狠，扔下他们一个也不要了。她想既然妈妈心这样狠，那还哭她做什么。

她问妹妹："你们都吃过了吗？"

妹妹呜呜咽咽地说："都吃过了。"

她又问妹妹："都洗过了吗？"

妹妹摇摇头。

街上的茶炉子已经打烊了，好在家里的煤炉还没有熄。唐冬青在炉子上炖了一锅水，站在巷子口扯着嗓子把建华和建民喊回来，对他们说："快洗洗，早点睡！"她又催妹妹洗了上床去。等他们一个个全睡下了，她用剩下不多一点的热水草草地洗了洗，把煤炉封了，又把前后门都关上插好，自己才去睡。

平常这些事都是王玉芬的，唐冬青一边做，一边忍不住要想到她。

等躺到被窝里，头沾着软软的旧枕头，她的眼泪忽然哗地流出来。这一天她经历得太多了，所有的事情好像在这一刻全部泛上味来了。本来她有一肚子的难受，现在全都变成了委屈和泪水。她怕被他们听见，不敢哭出声。好几次她都想不哭了，但是眼泪根本就不由她做主。

她把枕头都哭湿了。泪眼蒙眬之间看见窗外有月光照进来，月亮既不是圆圆的满月，也不是弯弯的月牙，就是平常一抬头就看得见的那种普普通通的样子，不过却很耀眼，就像天上点着一盏很明亮的灯。

哭过了，唐冬青心头清爽了很多，她想起了罗瞎子给她的二十块钱。她伸手摸一摸，贴肉的裤子口袋，一只里面是崭新的哗啦哗啦响的两张大票子，另一只里面是揉得烂疲疲有好几道折痕的两张黄草纸。她的心慢慢定下来。她觉得今天的这些事情真像是一场梦，不过心里倒微微地觉得有了一些依靠。她硬起心肠想，反正是一样的日子，妈妈在是这么过，妈妈不在也还是这么过。

请记下你与日子的美好相遇

请记下你与日子的美好相遇

请记下你与日子的美好相遇

请记下你与日子的美好相遇

请记下你与日子的美好相遇

请记下你与日子的美好相遇

请记下你与日子的美好相遇

请记下你与日子的美好相遇

请记下你与日子的美好相遇

请记下你与日子的美好相遇

请记下你与日子的美好相遇

请记下你与日子的美好相遇

请记下你与日子的美好相遇

请记下你与日子的美好相遇

请记下你与日子的美好相遇

请记下你与日子的美好相遇